大畫情聖
第二輯
九
驚天縣變
上山打老虎 著

大畫情聖 II

【目錄】

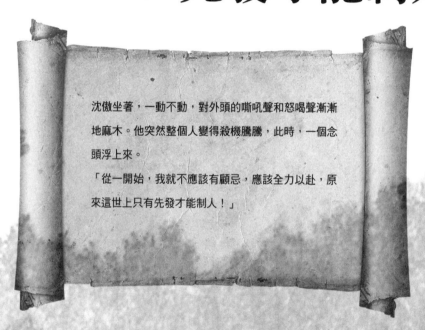

第一二一章 先發才能制人

沈傲坐著，一動不動，對外頭的嘶吼聲和怒喝聲漸漸地麻木。他突然整個人變得殺機騰騰，此時，一個念頭浮上來。

「從一開始，我就不應該有顧忌，應該全力以赴，原來這世上只有先發才能制人！」

劉福訕訕一笑，道：「老爺不過是好意提醒一下，老爺一向是信任都督的。」他正色道：「這裡有一張條子，是老爺要小人送給都督的，老爺說了，只有到了午時才能將紙條打開。」

文仙芝接過裝了條子的筒子，問道：「什麼東西如此神秘？當這是諸葛亮的錦囊嗎？」說著就想要打開。

劉福呵呵笑道：「都督，老爺既然這般說，肯定有老爺的用意，這個……」他盯著玉筒，嘻嘻一笑。

文仙芝隨之哂然一笑，道：「罷罷罷，就聽鄭國公的。」說罷，將玉筒收起來放入袖中，道：「你去回個話，就說文某並非不曉事的，知道該怎麼做。」

送走了劉福，從小廳的耳房裡走出一個軍將來，這人是太原的都虞候，是文仙芝的心腹，也是姓文，和文仙芝既是同鄉又是遠親，叫文尚。文尚長得頗爲俊秀，只是一雙眼眸過於狹長，讓人看了頗有幾分狡詐。

文尚笑嘻嘻地踱步出來，道：「都督不想看看這玉筒裡寫了什麼？」

文仙芝淡淡地道：「當然要看，他鄭國公不是諸葛亮，我文仙芝也不是他的走卒，豈能事事對他言聽計從？」

文仙芝從袖中拿出玉筒來，將玉筒打開，抽出裡頭那張紙條，眼睛掃了紙條一眼，隨即臉色一變，便不說話了。

文尙坐在文仙芝的下首，並不去打擾文仙芝的思緒，只是給下人使了個眼色，叫他斟一杯茶來，喝了口茶，一炷香過後，才道：「都督，這紙條裡寫著什麼？」

文仙芝臉色冷然，冷哼一聲，方才回道：「午時，若沈傲不死，則都督府出兵平叛！」

文尙的臉色也凝重起來，道：「都督，鄭國公這是叫您去做替罪羊啊。」當然是替罪羊，說是平叛，邊軍一出動，朝廷肯定有人彈劾，這個污名，他文仙芝是背定了。況且……未得欽差手令，擅自行動，也是一樁遭人詬病的事。

文仙芝淡淡道：「可是話說回來，若是沈傲不死，文某就死無葬身之地了。」

文尙點頭，他當然明白文仙芝的爲難之處，沈傲和文仙芝如今已是勢同水火，所以沈傲一定要死。流民鼓噪起來容易，可是也難以控制，若是平西王沒死，讓這平西王緩過勁來，就是一個個收拾太原城上下的時候了，文仙芝身爲太原大都督首當其衝。

所以若是局勢沒有發展到他們所預想的那樣，那麼唯一的辦法就是平叛，打著平西王的名號四處殺人，讓圍在欽差行轅的流民瘋狂起來，官逼民反！

文仙芝慢吞吞地喝了口茶，繼續道：「文尙，你怎麼看？」

文尙猶豫了一下，道：「事情到了這個地步，都督還有得選嗎？」

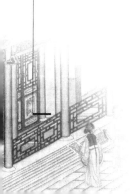

文仙芝苦笑道：「確實是沒有其他路可走了，這鄭國公就是料到文某不得不和他一條道走到黑，所以才讓文某背著黑鍋。」他淡淡地繼續道：「他倒是好，退居在幕後，將你我都當做是提線木偶，除掉了沈傲，他沒有罪，沈傲若是活著，他還可以置身事外。」

文尚冷笑道：「眼下當務之急，還是將沈傲除了，其他的賬再慢慢和他算。鄭家這麼多好處在太原，還怕不乖乖分點甜頭出來嗎？」

文仙芝頷首點頭道：「也只能如此，現在還是和他同舟共濟的好。」他看向文尚，道：「你召集本部人馬，隨時候命吧，到了午時，若是再沒有結果，本督會給你手令。」他霍然站起來，毫不猶豫地道：「平叛！」

文尚能有今日，都是文仙芝給的，怎麼敢不盡心盡力？換做是別人或許還會猶豫，可是文尚知道自己連猶豫的本錢也沒有，索性大方地道：「遵命！」

文尚按刀出去，文仙芝一人獨坐在這小廳，眼眸闔開一條線，又看了一眼紙條，眸光如刀，冷笑道：「想置身事外，哪有這般容易？我文仙芝完蛋，你鄭克也要玩完，到了這個份上，還想和文某耍心機？」

欽差行轅外頭，人流攢動，無數人的出現，讓次序一下子紊亂起來，守在外頭的校尉不得不全部退入知府衙門，緊緊關上知府衙門的大門，一隊隊人出現在高牆之後，彎弓搭箭，在知府衙門裡，校尉們也抽出了刀，以備不測。

這種混亂的局面，不管是善意或是惡意，但凡只要有一點點差池，就極有可能演變成流血的衝突，所以校尉已經打起了十二分的警惕，完全按照守城的作戰守則行事，一點都不敢馬虎大意。

童虎的表情凝重起來，這時候他才知道發生了什麼事，這比與女真人交鋒更讓人為難，女真人畢竟是敵人，校尉的操練本來就是對敵人最有效的手段。所以不管怎樣的敵人，童虎都能保持住鎮定。

可是眼下對付的，是他們本應要保衛的人，而這些人都像瘋了一樣，校尉們卻不能還擊，一旦還擊，只會使場面更為失控，何況總不能因為這個，把黑壓壓的流民都殺了。

童虎的額頭上已經冒出冷汗，外頭傳出排山倒海的聲音，認真一聽，卻都是在叫：「除貪官墨吏，請平西王殿下出來相見。」還有人道：「欽差行轅有人欺上瞞下，請殿下明察。」

這些話雖然沒有攻擊意味，可是誰也不敢開門。

「唉喲……」一個在高處視察的校尉從樹上摔落下來。

童虎立即趕去看道：「怎麼了？」

這校尉翻身起來，怒氣沖沖地道：「不知是誰用石頭砸了我的面門。」

童虎看他臉上果然青腫了，便叫他去後院包紮，一面去見沈傲。

沈傲坐在正廳裡，不發一言，身上穿著鎧甲，看了看時辰道：「本王若是不出面，只怕這些人不會散了。」

一旁側立的周恆欲言又止。

這時童虎進來，沈傲問道：「外頭怎麼樣？」

童虎苦笑道：「好在沒有衝進來，不過如今也是危在旦夕。殿下，實在不行，就只能動手了。」

沈傲冷著臉道：「這是萬不得已的手段，本王想出去看看。」

「不可。」童虎擰著眉道：「方才有個校尉已被人用石頭打傷了，外頭難免會有不法之徒，殿下出現，若是有心人混跡在人群中射殺殿下，可就正落許多人的下懷了。」

沈傲撇了撇嘴，道：「不怕，都隨我來。」

沈傲走到前院，這知府衙門的院牆還算高聳，大門已經用木頭牢牢拴住，幾十個校尉頂住了門，大門咚咚的被人敲響，發出咯吱咯吱的聲音，再之後就是影壁，影壁邊則是五十名校尉拔出了刀，一旦大門被人打破，便可以立即封鎖住。

沈傲看了看掛在樹上的弓箭手，道：「仔細給本王盯著，有哪個人用石子砸人，就還擊！」說罷，叫人架了個梯子，帶著盾牌攀爬上去。

從梯子上往外看，外頭的人流如波浪起伏一般看不到盡頭，沈傲大叫：「敲鑼！」

「鐺鐺……」幾個差役提著鑼敲響起來。

鑼聲很清脆，居然把聲浪壓了下來，外頭的人聽到了裡頭的動靜，居然也停止了鼓噪，無數雙眼睛發現城牆上竟冒出一個穿著金甲的傢伙。

沈傲趁著所有人都沉默的功夫，大吼一聲：「平西王在此，你們是什麼人？竟敢驚擾欽差行轅，可知道這樣做的後果嗎？」

「是平西王，平西王來給咱們做主了。」人群終於有了動靜，有的災民已經跪下，看到有人起了頭，更多人排山倒海一般跪下來，衙門裡的校尉不禁鬆了口氣。

可是這時候，仍有數百人站著，他們大呼一聲：

「這不是平西王，我們上當了……」

「射！」沈傲朝梯下的童虎吩咐。

童虎領了命令，一聲令下，校尉立即開弓，箭矢飛射出去，幾個站著的「災民」應聲而倒。

敲著銅鑼的差役此時一起大吼：「平西王在此，誰敢在欽差駕前放肆？快快跪

下！」

這一聲大吼，加上幾個中箭的前科，其餘的「災民」無奈，生怕成爲眾矢之的，這時也不得不順從地跪倒在地。

沈傲這才撤掉盾牌，扶著梯子朗聲道：「你們來這裡，是爲了什麼事？」

院牆外的人鼓噪：「貪官墨吏欺蒙王爺，我等特來請殿下莫要受了奸人的蒙蔽。」

沈傲朗聲道：「你們的話，本王已經聽到了，你們說欽差行轅有貪官墨吏，那麼本王問你們……奸人在哪裡？」

一時間又是鴉雀無聲，許多人這時候倒是清醒了，平西王問的這一句當真沒錯，連人都不知道就跑來鬧，弄到這劍拔弩張的地步，這是做什麼？

沈傲繼續道：「既然你們說不出，那麼本王就自己查，查出來，自然給你們一個交代，地崩災情已過了兩個月，本欽差奉旨來賑災，就絕不會坐視你們挨餓受凍，眼下千頭萬緒，還有許多事要做，現在立即散了，若是再有人在欽差行轅外徘徊的，就以圖謀不軌處置！」

災民們聽了沈傲的話，一腔的怒火都化爲烏有，許多人已經紛紛要走了。

沈傲也鬆了口氣，從一開始，他就料到鄭克的手段會是如此，要整倒他沈傲，哪有這般容易？除了煽動災民之外，沒有任何方法。

沈傲既然已經猜測到對方的手段，就決心控制鄭克等人動手的時間。若是事發倉促，應變不及，就算他知道對方的意圖，只怕也很難控制住局勢，所以他想到了一個辦法，詐稱是西夏來糧。

他知道鄭克一定會猜出西夏的糧食根本沒有運到，這一切都是瞞天過海，同時也猜測到，鄭克一定不會錯失這個良機，會有所行動，行動的時間不是在昨夜的三更，而是今日的清早。不過，顯然校尉們仍然精神奕奕，又提前有了準備，流民們要衝進來造成混亂根本沒有機會。

看到許多災民即將散去，雖然混雜在人群中的某些「災民」仍在鼓噪，可是這時大勢已去，災民們所求的不過是溫飽而已，誰有興致來這裡令平西王為難？

沈傲從梯上下來，不禁一笑，對童虎道：「好險，還好早有準備。」

童虎也不禁舒展眉頭，笑道：「殿下，這些災民說不準是受人鼓動，要不要查一查？」

沈傲搖頭道：「不用查了，是誰已經不重要，他們既然無計可施，就該本王動手了。」

現在，大局已定。沈傲要開始反擊了。

午時已經過去，坐在廳中的文仙芝開始焦躁起來，每隔一炷香，從欽差行轅就會傳出一個消息，一開始，文仙芝還沉得住氣，可是越到後來，他就越感覺不對勁了。

欽差行轅像是早有防備一樣，數百個校尉居然是將知府衙門守備得密不透風，這一切，絕不能用巧合來形容，莫非沈傲之前就已經收到了消息？

「絕不可能！」文仙芝下了定論，除非那沈傲是個活神仙，能掐會算，否則怎麼會知道今日清早有這突然的舉動？

他闔著眼，倚在梨木椅上，猜測著各種可能，這時，一名軍卒過來報信道：「大人，災民要散去了……」

文仙芝霍然而起，臉上不禁在抽搐，一旦錯失了這個機會，沈傲就無懈可擊了，而之後會如何？卻是他永遠不能預料的，他做了十年的都督，說不定下一刻就該滾蛋了。

這一場豪賭，他文仙芝賭不起。

文仙芝冷冷一笑道：「早就該料到這個局面，也好，既然如此，那就再添一把火上去！」他喝令一聲，對這軍卒道：「去和都虞候文尚說，該他出場了。」

朔風嗚嗚的叫，雖是正午，卻沒有一點陽光透出來，天空陰霾一片，雪絮漫天，就在欽差行轅不遠處，一隊隊騎兵開始出現，這些人穿著邊軍的襖甲，頭上戴著范陽帽，手提著長矛。

天氣實在太冷，許多人不禁下了馬，踩著雪地跺腳呵氣，這兩千名的騎軍雖然不多，卻是太原邊軍的精銳之一，帶隊之人就是文尚。

文尚嚴肅地坐在馬上，卻不呵斥下頭軍卒的動作。

就這樣足足等了半個時辰，一個人突然飛馬過來，道：「都虞候大人，都督大人有令，平叛！」

「全部上馬！」文尚朝身後的親衛傳達了命令。

「上馬，上馬，全部上馬！」命令傳達下去。騎兵們不得不翻身坐上冰冷刺骨的馬鞍，許多戰馬開始打起響鼻，馬蹄刨著地上的積雪。

文尚冷冷地道：「城裡有人作亂，圍了欽差行轅，平西王如今危在旦夕，稍稍出了差池，太原城上下，都是死罪！現在，諸位隨文某前去平息叛亂，拱衛王駕，但凡是逗留在欽差行轅左近的，都是亂黨，格殺勿論。都聽明白了嗎？」

「平息叛亂，拱衛王駕！」邊軍們打起了精神，畢竟是邊軍的精銳，命令傳達下來，眼眸立即閃露出重重殺機。

文尚抽出腰間的長刀，刀鋒前指：「走！」

「殺！」

馬蹄在雪地上轟鳴，無數匹健馬開始飛馳，迎著朔風，兩千騎兵宛若風捲殘雲，在這空曠的街道上飛馳。

這裡，正是前往欽差行轅的通道，疾馳的戰馬不過用了半柱香功夫，便發覺了前方的敵人。這些人衣衫襤褸，明顯是災民，他們剛剛從欽差行轅回來，正要散去，可是看到正前方衝殺而來的騎隊，一下子嚇呆了。

這些人顯然還沒有意識到危險，準備躲到路邊讓軍隊過去，誰知這時對面傳出一聲大吼：「平西王有令，亂黨作亂，殿下危在旦夕，責令我等平叛。眼前就是叛賊亂黨，殺！」

「殺！」

鐵騎彙聚的洪流，毫不猶豫地衝過去，最前的一排騎兵長矛下壓，組成一排矛林，劃破了朔風，呼嘯著出現在災民面前，隨即長矛迅速洞穿眼前的障礙，馬上的騎兵露出了殘忍的獰笑……

面對騎隊的衝鋒，這些手無寸鐵的災民幾乎只有一個結局。

「快，快跑！」

後面的災民這時反應過來，混亂的朝欽差行轅方向瘋狂逃竄。身後是如狼似虎的騎兵，到處是接二連三的慘呼。

災民不得不回到欽差行轅，瘋狂地爬牆，敲擊知府衙門的大門。

「怎麼回事？」突然出現的混亂，讓沈傲感覺到了一點不對勁，他飛快地走到前院。

這時候，災民們如潮水一樣不要命地向知府衙門衝擊，連大門的木栓也被巨大的力量撞折，上百個校尉不得不用肩頭死死地頂住。至於圍牆上，時不時有人攀爬上來，冒著生命危險跳入內牆。

「平西王來平叛了！」許多人聲嘶力竭地大吼。

沈傲的臉色已經完全拉下來，攥著拳頭大吼：「出了什麼事？」

童虎連滾帶爬地過來，他歷經大小數十次陣仗，卻從來沒有遇到過這種令他恐慌不安的場面。

「殿下，殿下……邊軍打著殿下的名號前來平叛，馬隊在外頭驅殺災民，災民們……」

沈傲縱然有一肚子的壞水，也想不到鄭克和文仙芝竟做得如此決絕，竟拿數萬人的性命來當做賭注籌碼，沈傲的手顫抖了，不是因爲害怕，而是憤怒，一種發自內心最深處的憤怒！

沈傲眼眸赤紅，按住腰間的尚方寶劍，大喝道：「打開大門，放災民進來！」

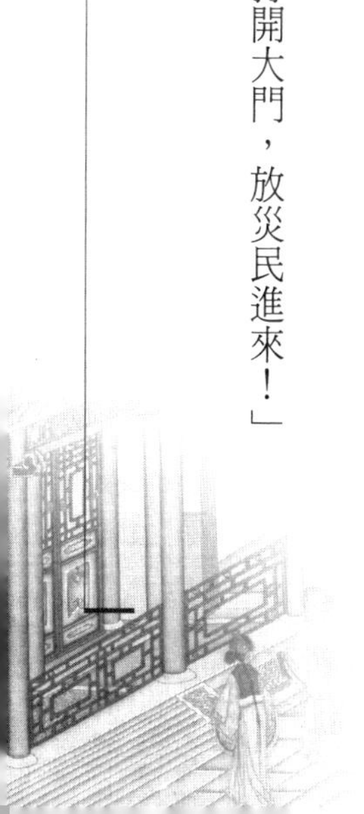

「殿下……」童虎大聲道：「萬萬不可啊，把人放進來，這些不明就裡的災民豈不是……豈不是……」他連說話都結巴了。

沈傲咬牙切齒地道：「本王說放就放！」他的聲音，不容拒絕。

童虎畢竟是經過大風大浪的，高聲道：「殿下可曾想過，這時候將災民擋在行轅之外，或許他們還有生路，一旦讓他們進來，非但殿下不能活，所有人都要死！」他厲聲道：「災民這時已經分不清是非，到時太原大都督除掉了殿下，這些災民也會以謀反罪被悉數誅殺！」

童虎說得一點也沒有錯，此刻讓災民進來，不分是非的災民極有可能將沈傲殺死，以沈傲的地位和聖眷，必然是天下震動，龍顏震怒。涉及到這件事的，自然都是謀反之罪，這些流民不止是掉腦袋，而且都會被夷族。朝廷對謀反一向是不留後患，絕不容一點商量餘地，何況還牽扯到平西王？

童虎的話如醍醐灌頂，他千算萬算，以爲自己聰明絕頂，想不到今日居然沒有算到對手的後著。

「這筆賬，本王會一筆一筆的跟他們算。」沈傲發出森然冷笑。

他的臉頓時變得肅穆沉穩起來，一雙眼眸如刀一般掃了童虎一眼，凝重地道：「童虎聽令。」

童虎單膝跪在雪地。

「不許任何一個人衝進來，拱衛欽差行轅的安全！」

童虎重重抱拳：「敢不從命！」他站起來高聲大吼：「保衛王駕！一隻蒼蠅也不許放進來！」

沈傲神情漠然地回到衙門的正堂，正堂之上，高掛著「明鏡高懸」四個金漆大字，他看了一眼，感覺有一種莫大的諷刺。

沈傲坐著，一動不動，對外頭的嘶吼聲和怒喝聲漸漸地麻木。他突然整個人變得殺機騰騰，此時，一個念頭浮上來。

「從一開始，我就不應該有顧忌，應該全力以赴，原來這世上只有先發才能制人！」

這個道理他明白得太遲了，沈傲不怕規矩，可是有時候卻又不得不遵守規矩，一定要尋到對方的破綻和罪證，找到理由才肯動手。豈不知這個世界有的時候根本不需要理由。

周恆躡手躡腳地進來，小心地給沈傲端了杯茶，送到沈傲的跟前，語氣沉重地道：

「表哥……」

沈傲突然微微一笑，抬起眸來，道：「嗯……」

周恆不禁呆了一下，心想，這個時候表哥該哭才是，怎麼還笑了？表哥這是怎麼了？

「有什麼事嗎？」

周恆吞吞吐吐地道：「表哥不要難過……」

他想安慰他幾句，看到沈傲方才的樣子，臉色可怖得嚇人，他從來沒見過沈傲這樣的神色，可是明明想說些安慰的話，話到了嘴邊又說不出口。

沈傲淡淡地道：「成大事者不拘小節，本王難過什麼？」

他一向在周恆面前不會自稱本王，可是這一次卻刻意加重了語氣。他微微抬起下巴，帶著驕傲道：

「本王要做的，不是婦人姿態，而是替天行道，懲處惡徒，令奸賊伏法，爲逝者伸冤！三日之內，有多少人在這行轅之外，就會有多少人頭懸掛在太原城的城樓！」

殺紅眼的邊軍，已經沒有了任何顧忌，不斷地在人群中衝殺，無數人倒在泥濘中，更多的人驚恐地發出喊叫。

外圍的邊軍死死地堵住了流民們的生路，而流民們的選擇只有一個，就是不斷地衝擊欽差行轅。可是如銅牆鐵壁一樣的高牆哪裡有路？

衙門的大門破了，一隊隊提著盾牌的校尉死死地堵住，他們不輕易動手，可是到了實在緊要的關頭，隊官們不得不抽出刀來，用刀背朝蜂擁而來的災民猛砸過去。

一雙雙惶恐的眼眸與校尉們相對而視，校尉們不敢去看，將腦袋躲在盾牌之後，這種不得不表現出來的冷漠，讓他們羞愧無比。可是，命令就是命令，誰也不能違抗。

童虎一臉肅殺，不斷地大吼：「拱衛王駕！」聽到這句話，才讓他們振奮起來，去做那些他們不願意去做的事。

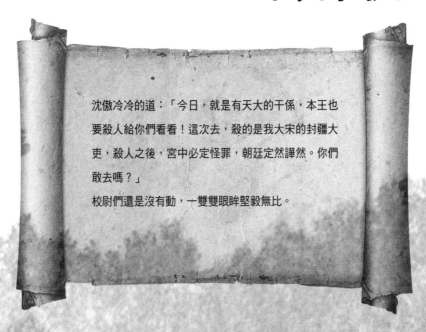

第一二二章 血海深仇

沈傲冷冷的道：「今日，就是有天大的干係，本王也要殺人給你們看看！這次去，殺的是我大宋的封疆大吏，殺人之後，宮中必定怪罪，朝廷定然譁然。你們敢去嗎？」

校尉們還是沒有動，一雙雙眼眸堅毅無比。

「什麼時候了？」文仙芝淡淡地喝了口茶，時不時向在一邊伺候的人問著。

他皺著眉，急於想知道文尚那邊到底有沒有消息，可是回音就像石沉大海一樣，眼看就要天黑，卻是一點消息都沒有。

若是天黑，就不得不撤兵了。現在最大的問題是，那些流民到底有沒有殺入欽差行轅，沈傲到底是活著，還是死了？

他的眼皮不禁跳了跳，有一種不好的預感，可是隨即，他又哂然地笑了起來。怕什麼？欽差被亂黨圍了，身爲太原大都督，難道不該彈壓？誰敢挑出一點錯來？就算真有御史彈劾，也不必怕，至多說一句彈壓過激罷了，根本不可能撼動得了他這都督的地位。

只要一口咬死了是亂黨，而且，這些流民也確實是聚眾圍了欽差行轅，他文仙芝就一點錯都沒有，說不定還有功，褒獎一句應變及時，消弭禍端也有可能。

「天就要黑了，來人，去看看。」文仙芝已經按捺不住，霍然站起來，吩咐了一個下人道：「這文尚也越來越不會辦事了，這樣的事，還要耽誤這麼久？」

吩咐了一句之後，文仙芝慢吞吞地坐下來，喝了口茶，炭盆就放在他的腳下，整個廳裡溫暖如春。他將茶盞放下，手靠在茶几上，指節不自覺地去敲擊茶几，表面上雖仍鎮定自若，可是敲擊茶几的指節聲卻有點兒凌亂了。

一直到了夜半時分，文尚才帶著人滿是疲倦地回來，他渾身染血，陰沉著臉，不需通報直接進入大都督府。

「程遠，如何了？」

文仙芝霍然而起，程遠是文尚的字，文仙芝開口不以官職相稱，便有慰勞的意思。

文尚跪在地上，吁了口氣才道：「末將愧對大都督栽培……」

文仙芝臉色驟變，憤怒之情溢於臉上，冷冷地道：「你是說，災民沒有衝入欽差行轅？沈傲也沒有死？」

文尚垂著頭，一句話也不敢說。

「廢物！」

文仙芝拿起桌上的茶杯，狠狠地摔在地上，茶杯摔成了數瓣，碎渣飛濺到文尚身上，文尚的臉頰上霎時淌出汩汩的血來。

文尚不敢吭聲，這時候文仙芝正在火頭上，任何辯解都沒有用，他只是重重地叩著頭，道：「末將沒有用，末將該死，請大都督懲處！」

文仙芝的眼眸變幻，冷冷地道：「到底怎麼回事？你說清楚。」

文尚道：「原本流民都是沒命地朝欽差行轅衝，可是平西王的親衛仗著知府衙門的高牆，竟是滴水不進，足足一個下午，還是沒能殺進去。弟兄們人困馬乏，再者，天又黑了，末將擔心出事，才帶人回來。」

文仙芝鐵青著臉道：「沒用的東西！」他怒氣沖沖地道：「沈傲不死，你我必死。」

文尚道：「怕什麼？這一趟，我們也算是替他解圍，他能拿我們怎麼樣？」

文仙芝搖頭道：「彈壓幾個刁民，自然不算什麼，那平西王也做不出什麼文章來。本督擔心的是，他要救自家的泰山，就一定要讓人來背這黑鍋；能背得起這黑鍋的，太原城中也唯有我了。」

文尚道：「那鄭國公……」

文仙芝搖頭道：「他是國公，又是國丈，且無官職，那時又身在汴京，局面失控怎麼能怪到他的身上？」他苦笑著道：「如今咱們動不了平西王，接下來該是姓沈的動手了。」

文仙芝顯得很是沮喪地道：「本督年紀大了，也該致仕回鄉養老了，這官，不做也罷。」

文尚驚訝地道：「大人何必如此，咱們……咱們不是還有一拼之力嗎？」

文仙芝哂然一笑道：「拿什麼拼？還是及早抽身的好。來人……」

一個家人躬身走進來，道：「老爺……」

文仙芝道：「代本督去給平西王問安，就說在太原城中發生了民變，本督汗顏至極，好在彈壓及時，讓殿下受驚了，明日老夫在總督府設宴，給殿下壓驚。」

這家人躬身去了。

文仙芝對跪在地上的文尚道：「好在這一次是彈壓亂黨，在外頭人看來，這平西王還欠著老夫一個人情，這次再屈身給他一個臺階，以平西王的聰明，想必今日的事也只能作罷了。你回營去吧，本督這便上疏，具言你彈壓民變有功，到時候等著朝廷升賞。」

文尚唯唯諾諾地道：「末將豈敢居功？」

文仙芝毫不猶豫地道：「本督說你有你就有，下去。」

文仙芝的家人匆匆到了欽差行轅，這時天已經漆黑，地上的屍體狼藉一片，許多校尉們出來收拾屍首。飛雪之下，暗淡的燈火，隱隱約約照看之下，顯得森嚴恐怖。來傳信的人不禁打了個哆嗦，躡手躡腳地過去，生怕踩到了屍首，好不容易到了大門處。

「小人是大都督府主事王賢，求兩位軍爺通報一聲。」說著，遞上文仙芝的名刺。

門口的兩個校尉聽到大都督府四個字，眼眸如刀一樣掃了他一眼，其中一個人默不

作聲地拿著名刺進去。

過了一會兒，回來道：「請進去吧。」

王賢訕笑著點點頭，撂著袍裙進去。沿途所過都是配著刀、一臉兇煞的校尉，他不禁背脊有點兒發涼，加急了步子，繞過影壁、天井，終於到了大廳。納頭便拜：「小人見過平西王殿下。」

坐在廳堂上首的正是沈傲。沈傲面無表情，高踞在公案之後，聽到王賢的唱喏，嗯了一聲，徐徐道：「文仙芝叫你來做什麼？」

王賢道：「小人奉老爺的令，說太原城中發生民變，大都督身爲太原鎮守，汗顏至極，好在大都督彈壓及時，只是讓殿下受驚了。明日午時，我家老爺在總督府設宴，給殿下壓驚，萬望殿下賞臉屈尊。」

沈傲露出笑容，目光落在他的身上，道：「文仙芝要請本王喝酒？」

在太原，誰敢直呼文仙芝的名諱？獨獨這位沈欽差呼得。王賢不敢說什麼，只道：「請殿下屈尊，大都督府上下蓬蓽生輝，恭迎王駕。」

「大都督府，本王當然要去，不過這酒……」沈傲哂然一笑，道：「就不必了。只是不知你們大都督府的家眷有多少口人？」

王賢呆了一下，不知平西王爲什麼問這個，遲疑地道：「總計三十七口。」

沈傲遺憾地道：「怎麼這般少？」

王賢心裡苦笑，家眷這東西難道還分多少的嗎？況且，這又和他平西王何干？心裡腹誹，口上卻是無比恭敬地道：「讓平西王見笑了。」

「你現在可以回去告訴文仙芝……」沈傲一字一句地道：「告訴他，叫他洗乾淨自己的脖子，他的腦袋先暫時寄放著，明日本王去取。」

王賢驚訝地啊了一聲，一時反應不過來，只以為自己聽錯了。

沈傲從舌尖裡蹦出了兩個字：「快滾！」王賢如受驚的兔子，再不敢說什麼，立即連滾帶爬地出去。

沈傲用手撐著公案站起來，惡狠狠地道：「總共是一千六百四十九條人命，讓姓文的用一家老小來償還吧。」

側立在一旁的押司宋程不禁道：「殿下，無論怎麼說，大都督府都沒有錯，他們彈壓民變，也是按著朝廷的規矩……」

「規矩……」沈傲打斷他，冷冷地道：「本王有自己的規矩，本王的規矩就是有人必須要死！宋程，明日清早，你帶著差役，將災民都聚集起來，就聚在這欽差行轅外頭。」

宋程擔心地道：「怕就怕再有人滋事。」

沈傲淡淡地道：「當然要滋事，不過這一次滋事的不是災民，是本王。」他又向一旁的童虎道：「童虎，今夜讓將士們好好歇一歇，明日清早五更天的時候集結。」

童虎抱手領命，道：「卑下遵命。」

沈傲略帶疲倦地道：「本王也乏了，明日還有許多事要做，諸位都散了，各自歇了吧。」

王賢如喪家犬一樣被沈傲趕了出去，連忙回去尋文仙芝，將沈傲的話重複了一遍。文仙芝聽了，不禁倒吸了口涼氣，這時也不禁感到後頸冷颼颼的。

爲了幾個刁民，那沈傲是要發瘋不成？他有些不敢相信，沉思了片刻，覺得沈傲應當只是嚇唬自己。不說別的，姓沈的要拿了自己腦袋，理由是什麼？自己是太原大都督，堂堂二品大員，封疆大吏，手握太原軍政。沈傲難道還敢把刀架在自己的頭上？

文仙芝不屑地笑了笑，道：「要取本督的首級，也等姓沈的尋到了本督的罪證再說，本督倒要看看，他到哪裡去尋本督的把柄?!」他揮手讓王賢出去，道：「到門口去看一看，或許今夜鄭國公會來。」

說著，拿起蘸了墨的筆來，伏在公案上寫起奏疏。

這奏疏自然是陳說今日民變之事的。事情很明朗，有宵小不軌之徒煽動民變，包圍了欽差行轅，平西王殿下危如累卵，性命在旦夕之間，文仙芝身為太原大都督，當機立斷，命都虞候文尙率軍馳援彈壓，共斬逆賊一千六百餘人，梟首一千餘級，都虞候文尙驍勇，身先士卒，親手斬殺九人，大捷，平西王安然無恙。

這份奏疏乍看之下是報功的奏疏，可是再認真咀嚼一下，在報功的同時，也將事情的原委說了個清楚。文仙芝心裡早有腹稿，所以只用了半個時辰不到，一篇辭藻華麗、洋洋數千言的奏疏便已經完成。

文仙芝知道官家喜愛行書，尤其喜好王右軍的字，因而這一手行書仿的是王右軍的字跡。他的筆力蒼勁，又刻意追求圓潤飽滿，乍看之下，文筆倒也算是不差了。

文仙芝放下筆，將奏疏放在公案上任由墨跡自乾，心想，不管如何，雖說沈傲沒死，卻也讓他吃了一次啞巴虧，那姓沈的既然不識相，自然繼續和他周旋到底了。

心裡正想著，外頭王賢去而復返，道：「老爺，鄭國公果然來了。」

文仙芝心裡說，他當然要來，出了這麼大的事，沈傲還沒有死，他還能坐得住嗎？這個老狐狸，要時時提防一些。

他板起臉，負著手道：「隨本督去迎接貴客……」

文仙芝從內堂出來，徑直到了中門，果然看到大雪紛紛中停著一頂轎子，快步出去，與鄭國公鄭克相見。二人相視苦笑，隨即一同入內，直接回到內堂，才叫人上了

茶，驅散了隨從，各自坐下說話。

鄭克開口問道：「文相公還好嗎？」

文仙芝面無表情，喝了口茶，慢悠悠的道：「已經朝不保夕了，你道那沈傲說什麼？竟叫文某人要洗淨項上人頭，明日就來取。」

鄭克先是愕然，隨即哂然一笑，搖頭道：「多半是氣話，他雖是平西王之尊，可是要想動你這太原都督，卻也是笑話。」

文仙芝惡聲惡氣的道：「雖是氣話，可是平西王恨我入骨，早晚有一日，那姓沈的定要取文某的人頭。」

話音中已帶有幾分埋怨了，若不是這鄭國公拉他下水，先整倒了祈國公，今日哪裡會有這麼多事。

鄭克淡淡笑道：「文相公這是什麼話，倒像是老夫害了你一樣。」說罷繼續道：「這幾日，你我暫時忍耐一下，反正不管如何，沈傲現在無糧，看他如何興風作浪。」

文仙芝悶哼一聲，臉色緩和了一些，道：「也罷，這老虎屁股，文某是不願意再摸了。」

二人敘了些話，一直到三更，鄭克才坐轎回去，文仙芝又睏又乏，回到寢臥歇下不提。

這一夜過得十分漫長，到了五更天時，天上的雪花霎時停了，街巷各處都有差役敲著銅鑼，喊人去欽差衙門。

幽暗的天色下，欽差行轅已經燈火通明，號令聲伴隨著夜間的朔風傳得極遠。

「集結！」

「列隊！」

「待命！」

「殿下來了，都挺直胸膛，打起精神！殿下要訓話！」

火光搖曳中，幾個軍將簇擁著穿著蟒袍的沈傲出來。

沈傲按著腰間的尚方寶劍，走到了黑暗中一列列隊伍之前，眼眸輕輕的掃了他們一眼，朗聲道：「有誰會殺人？」

隊列中的校尉紋絲不動，沒有人回話。

沈傲冷冷的道：「本王會殺人！今日，就是有天大的干係，本王也要殺人給你們看看！這次去，殺的是我大宋的封疆大吏，殺人之後，宮中必定怪罪，朝廷定然譁然。你們敢去嗎？」

他悠悠道：「不願意去的，站到本王的左手這邊，本王不怪你們！」

校尉們還是沒有動，一雙雙眼眸堅毅無比。

「都要去嗎？」沈傲哂然一笑，道：「好吧，反正天下已經有了個沈愣子，不在乎再多千兒八百個！眾軍聽令！」

「在！」一千五百人一齊大吼。

沈傲翻身上了馬：「坐上你們的馬，拔出你們的刀，出發！」

一陣金鐵交鳴聲傳出，一柄柄刀在黑暗中出鞘，鋒芒在火光下滲人心魄，一千五百人默默騎上馬，大門打開，魚貫出去。

宋程和數百個三班差役在一旁，眼看平西王帶著人走了，有個差役咽了口吐沫，低聲問道：「宋押司，我們要不要去幫忙？」

宋程正色道：「當然要去……」可是一想到自家的家眷，底氣一下子就沒了，人家是愣子，他卻不是，他上有老下有小，幾十年的公門生涯，早已將他磨成了鵝卵石頭。

他小聲說道：「跟去看看。」於是差役們小心翼翼遠遠的跟著，保持著距離。

沈傲帶著人從行轅出來，這支隊伍緩緩的朝太原大都督府過去。沿途所經，有不少災民看得好奇，卻不敢湊近，只是遠遠的跟著，轉過幾個街角，後頭尾隨的人居然已經超過萬人，許多人紛紛打聽到底出了什麼事。

清晨的薄霧已經漸漸的瀰漫開，一隊馬軍校尉在前開路，童虎一馬當先，辨認去大都督府的路徑。

人群中有眼尖的，看到平西王帶著軍馬殺氣騰騰的往太原都督府走，也不聲張，只是悄悄的從人群中溜出去，飛快去報信了。

文仙芝昨夜睡得晚，現在還在熟睡，他的寢房裡特意放了三個炭盆，因此夜間只穿著單衣睡覺，他雖年紀大了，心卻不老，睡在他枕邊的，是個如花似玉的少婦。

平時文仙芝都是睡到自然醒，誰也不敢驚擾，這太原府不比京師，在京師為官的，該是五更起來就得乖乖的起來，可是這裡天高皇帝遠，文仙芝手握軍政，就算偶爾晚起一些，也無人敢說什麼，可是今天卻是破天荒，一大清早，王賢就來咚咚的敲著門。

睡在文仙芝身邊的美人兒聽到動靜，秀眉微微一蹙，翻了個身，文仙芝被驚醒了，不由怒道：「是誰這般無禮！」

王賢在外頭喊道：「老爺……老爺……大事不好了。」

文仙芝不得不搭開美人兒的手，翻身起來，趿著鞋道：「進來說話。」

王賢聽了文仙芝的吩咐，立即進來道：「大事不好了……」

文仙芝皺著眉，腦子有點兒驚醒之後的沉重，按了按太陽穴，冷冷的道：「慌慌張張做什麼，死了娘嗎？有什麼話好好的說。」

「是，是……」王賢喘著粗氣道：「今日一早，欽差行轅的人傾巢出來，殺氣騰騰的朝咱們大都督府來了，平西王也在裡頭，連刀槍都出了鞘。小人……小人……」

文仙芝聽了大驚失色，不禁道：「姓沈的瘋了嗎？」

王賢還在大口喘氣，道：「看樣子，莫非他昨日說……說的不是戲言?!」

文仙芝沉著臉，冷聲道：「他敢！」想了想又道：「去，把文尚叫來，叫他到廳中等候，本督穿了衣衫就過去。」

過不多時，穿著一身戎甲的文尚也快步過來。他方才收到消息，立即就起身前往大都督府，恰好王賢來叫，便急匆匆的來了。

「文都督也收到了消息？」文尚不顧規矩，開口先問道。

文仙芝點頭道：「這姓沈的來這裡，到底有什麼用意？」

文尚心裡苦笑，這種事他哪裡知道，略略一想，只好道：「這沈傲有個別名，叫沈愣子。」

有這句話就夠了，愣子嘛，什麼事都做的出，說不定還真是……

想到這裡，文仙芝的臉色變得更加難看。他深深吸了口氣：「若是這姓沈的當真發起瘋來，倒是教人頭痛了，你怎麼看？」

文尚猶豫了一下，道：「自古兵來將擋水來土掩，沒有坐以待斃的道理。」

文仙芝頷首點頭道：「你說得沒有錯，坐以待斃實不足取；更何況，本督也不必怕他。」

文仙芝霍然而起，冷笑道：「今日就見個分曉吧。文尚！」

文尚單膝跪地，道：「末將在。」

文仙芝令道：「你帶本部人馬在大都督府衙前集結，任何人不得逾越都督府一步。本督乏了，要好好歇息，也不見任何外客。若是有人敢闖進來……」他加大音量道：「都給本督打回去！」

文尚領命，徑直去調集軍馬。

大都督府下轄十萬邊軍，其中有三萬在太原，可是真正能信得過的，也只有文尚這一隊騎兵了。換做是其他將佐，神仙打架，他們哪裡敢拚命？文尚的前程則全都依仗在文仙芝身上，文仙芝若是完了，他也無法僥倖。

文尚帶著兩千軍騎，在大都督府前列好了隊伍。

這些騎軍昨天廝殺了一個下午，個個都略帶疲倦，文尚道：「奉大都督之命，拱衛大都督府，一隻蒼蠅也不許放進去。」

眾人應諾一聲。

文尚目光直視著大都督府門前長街的盡頭，薄霧之中，已經隱隱約約地可以看到一

隊隊披甲的騎兵飛馳而來。

這是給平西王開路的先鋒，當先一個正是童虎，在距離文尚騎隊五十丈外，童虎手中的長刀一橫，後頭的騎兵校尉立時駐馬，與文尚對峙。

對面的騎兵聚攏起來，旌旗招展，無形中帶來一股壓迫感，讓文尚有點兒透不過氣來。

文尚見了他們，帶了兩個軍騎向前三十丈打話道：「前方是何人？」

沒有人回答他，回答他的是長刀前指，微微下斜。

文尚皺了皺眉，只好硬著頭皮繼續道：「你們可知道這裡是大都督府，驚擾了文都督，亦罪無可赦！」

風吹得旌旗獵獵作響，偶爾有戰馬的響鼻聲傳出，預感到即將有一場殺戮的戰馬，這時默契的刨著地上的積雪，弄出一個個稀爛的泥坑。

「這些瘋子！」文尚心裡大罵一句。

這時，沈傲帶著後隊的軍馬來了，穿過薄霧，文尚清楚地看到穿著蟒袍的平西王，不禁道：「平西王殿下可在？」

對沈傲，文尚不得不恭敬幾分，他不過是個小小的都虞候，哪敢在平西王面前逞威？

遠遠尾隨而來的災民熙熙攘攘地在後頭觀看，此時人群議論紛紛，竊竊私語著，平西王的軍馬和大都督府的軍馬對峙，這平西王是要做什麼？

這時，也有聰明的人在人群中道：「昨日平西王行轅被圍得水泄不通，如何能讓軍馬來彈壓？莫非是大都督府自作主張？」

聽了這句話，許多的疑問就豁然開朗了，災民們只道沈傲言而無信，感激之心早已蕩然無存，今日見這個樣子，不禁個個動容，心想，平西王今日莫非是要爲我們出頭？可是大宋立國以來，就算是歷朝歷代，一向只有官官相護，哪裡有爲了草民相互殘殺的道理？

災民們滿腹狐疑，只怕是這平西王想嚇唬嚇唬他們罷了。

一開始，他們不敢離校尉們太近，這時索性大了膽子，湊近了來看，只見平西王長眉下壓，眼眸如刀，嘴唇輕輕動了一下，對左右的人道：

「昨天就是這些人嗎？」

身側佇立的是周恆。周恆回道：「正是他們！」

沈傲頷首點頭，心中有了計較，打馬上前，前方的馬隊紛紛爲他讓出一條道路。

沈傲向前十丈，與文尙相隔已經不足二十丈，他看了文尙一眼，認清了這人之後，才說出兩個字來：「滾開！」

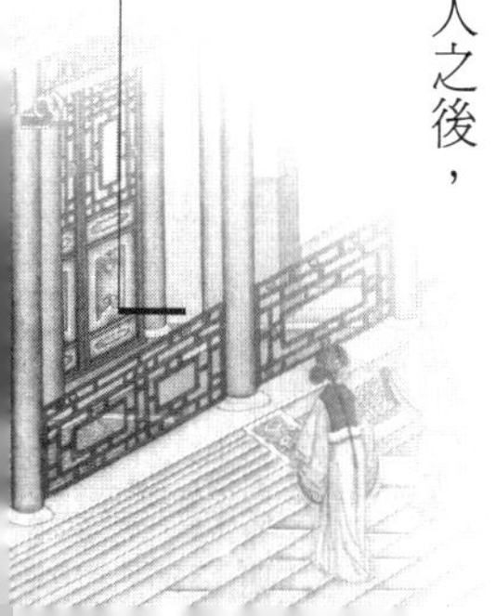

「殿下！」文尚見了沈傲，絲毫不敢放肆，坐在馬上抱拳行禮，恭敬地道：「殿下來這裡，莫非是要見我家大都督？我家大都督今日乏了，恕不見客，還請殿下勿怪。」

沈傲喝道：「再說一遍，滾開！」

文尚的後脊已經流出冷汗，兵來將擋這句話說出來是一回事，可是真要面對這個欽差、親王、天子門生，他還真沒有這個膽量，更不敢在王駕之前舞刀弄槍，可是又不能讓這些人衝入大都督府。左右爲難之際，只好硬著頭皮道：

「請殿下恕罪，末將職責所在……」

「滾！」

文尚駐馬不動，這時候已經不知該說什麼了。

好話不說三遍，沈傲見文尚不讓出道路，什麼都沒有說，打馬回到本隊，口中只說出一句話：「殺過去！」

「殺！」

八百名騎兵校尉發出一陣怒吼，童虎一馬當先，揚起手中長刀，高呼一聲：「斬殺官軍，罪無可赦，今日奉王命殺官賊，誰敢與我同去？」

騎兵沒有回答，只是爆出一聲：「殺！」八百餘騎脫韁而出，放馬奔馳，如一陣風般橫掃而去。

邊軍騎軍已經紊亂了，他們無論如何也想不到，都是大宋的軍馬，這些人居然說殺就殺，連聲招呼都不打。

文尚見騎軍們掩殺過來，慌忙地帶著兩個騎軍奔回本隊，這時候也是心亂如麻，原以爲帶著人來嚇嚇這平西王，誰知反將自己嚇了一跳，真讓他們去殺這些校尉和欽差，他實在沒有這個膽量，只好道：「將他們打回去！」

騎兵校尉距離騎軍將近三十丈，這些人才反應過來，紛紛拿出武器，放馬要衝，隊形也凌亂得很。時間倉促，戰馬都跑不開，眼看著前方的校尉如猛虎撲羊一樣殺過來，此時勝負已見分曉。

「轟……」如下山猛虎一般的騎兵校尉狠狠地扎入騎軍陣中，人仰馬翻，前隊的校尉被撞下馬去，後隊的校尉源源不斷地繼續衝擊，生生地在騎軍之中豁開一條血路，將騎軍分割。

騎軍霎時大亂，昨日他們四處驅殺，今日卻成了被人驅殺的對象，雖然騎兵校尉人數只有八百，又哪裡是他們所能披靡？頃刻之間，僅有的一點士氣也蕩然無存，開始四散奔逃。

童虎沒有絲毫停頓，高呼一聲：「殺！」

騎兵雖然歷經了一次衝刺，隊形居然絲毫不亂，各隊紛紛散開，四處驅殺，手中的

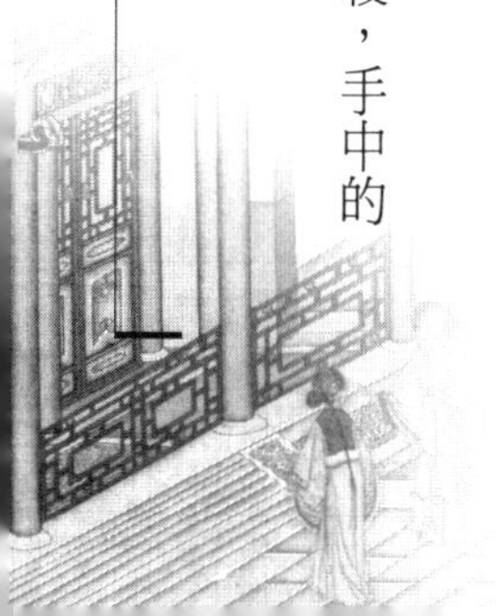

長刀鮮血淋漓，血腥化開，說不出的恐怖。

文尚這時才明白這些人爲何面對兩千騎軍毫無畏懼，騎軍校尉的戰力不在女真鐵騎之下，所爆發出來的戰力足以讓對手未觸先寒，眼看騎軍已經潰散，他哪裡還敢逗留？帶著十幾個騎軍飛快向後巷竄逃。

童虎早已盯住了他，帶著十幾個騎軍校尉死死咬住，後頭的校尉彎弓搭箭，一邊追擊，一邊飛射。頃刻之間，便有數名墊後的騎軍落馬。

文尚眼看後頭的校尉追得緊，又一個個箭無虛發，這時候明白，再逃只有被射成刺蝟的結局了，立即頓住馬，翻身下馬來，整個人跪在雪地上，驚恐地大喊：「末將助紂爲虐，實在該死，萬望恕罪，末將是都虞候，寧願不要這前程，願自請辭官，但求饒我一命。」

校尉們已經不追了，卻打馬圍著文尚轉圈圈。

童虎也翻身下馬，今日殺得實在痛快，他手中提著染血的刀，哈哈大笑一聲，對馬上的校尉道：「斬殺都虞候是什麼罪？」

校尉們道：「死罪！」

童虎長刀反握在手上，刀鋒狠狠地向跪在腳下的文尚一刺，直沒文尚的心窩，文尚悶哼一聲，難以置信地看了童虎一眼，隨即仆然倒地。

童虎惡狠狠地道：「這死罪，就讓我這做教頭的來領，與平西王和你們無關！」

他抽出刀來，誰知這時候，十幾個校尉一齊翻身下馬，個個挺刀朝文尙刺過去，頓時在文尙僵硬的身體上刺了幾十個窟窿，校尉們一齊道：「這都虞候明明是我們殺的，和教頭有什麼干係？要領，也是我們來領！」

童虎低聲罵了兩句，正要上馬繼續追擊，這時，又是一隊騎兵校尉過來，打頭的是個中隊官，這人嘻嘻哈哈地道：「咦，你們這是在做什麼？」

看到地上文尙的屍首，心中已經瞭然，便道：「好端端的一個都虞候，朝廷欽命的武官，就被你們捅了這麼多刀，這像什麼話？罷罷罷，我劉正龍遇人不淑，只好見者有份了。」說罷，抽出刀來，亦狠狠地在文尙身上砍了一刀，其餘的騎兵也紛紛落馬，一刀刀劈過去。

這文尙也算是倒楣，遇到這麼多個愣子，頃刻間被砍了個血肉模糊，連全屍都留不住。

童虎大喝：「都虞候已被童某斬殺，諸位，繼續追殺這群賊官軍！」說罷，翻身上馬。

眾人一齊道：「都虞候已被我斬殺，大家一起殺賊了。」

接著四散開去，尋那些沒命奔逃的騎軍。

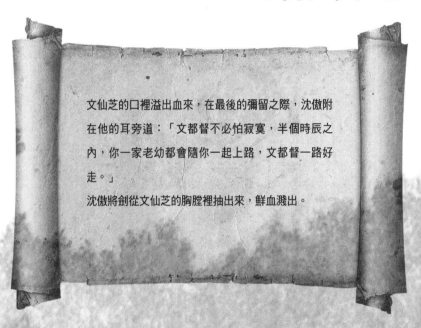

第一二三章 一路好走

文仙芝的口裡溢出血來，在最後的彌留之際，沈傲附在他的耳旁道：「文都督不必怕寂寞，半個時辰之內，你一家老幼都會隨你一起上路，文都督一路好走。」

沈傲將劍從文仙芝的胸膛裡抽出來，鮮血濺出。

大都督府的動靜，早就轟動全城，平西王率部擊潰文尙所部斬首數百，在大都督門前，早已是一片狼藉，伏屍數百。

城內的邊軍也嚇了一跳，太原的將軍們都帶了各部來看到底是怎麼回事，一開始還以爲是兵變，等到了地頭，才發現原來是內訌。

這些將軍此時表現得極爲謹慎，一看到平西王的旌旗，原本還殺氣騰騰地要看看誰敢在大都督府門前撒野，立時就癟了。

沈傲打馬佇立在大都督府門前，十幾個軍將從四面八方過來，到了沈傲的馬下，乖乖地跪下，一齊道：「末將見過平西王殿下。」

沈傲鐵青著臉，直接一聲「滾開！」大家見狀，什麼話都不敢說，一個個連滾帶爬地走了。

追殺潰軍的校尉們紛紛聚攏在門前，沈傲當先駐馬，看著眼前的府邸，一聲令下：

「把大門撞開，把宅子統統圍住，任何人都不許放出來！」

「遵命！」

大都督府已經亂作了一團，中門緊鎖，可是外頭被敲打得咚咚作響，更有校尉從牆上翻下來，護衛們見他們殺氣騰騰，連擋都不敢擋，紛紛抱頭鼠竄。

內宅的家眷、僕役也都各自收拾了行裝想要逃走，才發現四面都被圍了個水泄不通，於是都驚慌失措地亂叫。

主事王賢連滾帶爬地尋了文仙芝，淒厲叫道：「不好了，不好了……文尚文虞候已經被斬，兩千騎軍作鳥獸散，平西王帶著軍馬將整個都督府圍住，就要殺進來了，老爺……連走都走不脫了。」

文仙芝聽到了外頭的動靜，心知大事不妙，早已身如篩糠，瑟瑟發抖，臉色青白得駭人。他雖是文官轄制軍馬，卻沒有太大的膽量，這時想到一樁樁有關沈傲的事，目光中露出絕望之色。抄泉州官商滿門，斬蘇杭造作官員，殺蔡京全家，難道……今日要臨到自己的頭上？

「不對，不對……」文仙芝安慰自己，自己並沒有把柄握在姓沈的手上，他……他怎麼敢……

文仙芝頹然地坐在檀木椅上，聽著王賢繼續道：

「老爺，現在該怎麼辦？後宅裡已經亂作一團了，小少爺嚇暈了過去，夫人不知被哪個沒天良的下人搶了首飾，還有幾個姨娘都要走，在那兒爭搶飾物……」

文仙芝聽了，不禁怒道：「老夫還沒死，他們慌個什麼？」頓了一下，又不禁道：「鄭國公呢，鄭國公難道就作壁上觀，看著老夫倒楣嗎？哼，老夫完了，他還想活嗎？

這個時候再不同心協力，更待何時？」

王賢哭喪著臉道：「鄭家一個人影都沒有看到，哪裡指望得上他們？」

文仙芝狠狠地拍案，將茶几拍得咚咚作響，冷笑道：「果然是大難臨頭各自飛，好一個鄭克！」

恰在這時，一個少年衝進來，號啕大哭道：「爹……我的蟈蟈不知被誰踩死了！」

文仙芝站起來，一腳將這個少年踹翻：「滾，滾！」

少年連滾帶爬地出去，隨後聽到急促的腳步聲，一股黑壓壓的人流朝正廳這邊湧過來，這少年見了他們，立即要往回跑，卻被一個校尉快步追上，提著他的後襟，大喝：「你是誰？」

「我……我爹是大都督，你……你們好大的膽……」

手起刀落，聲音戛然而止，接著有人道：「這狗官的兒子是我斬的，誰也不要和我爭，朝廷歸罪下來，也是我一人承擔！」

接著幾十把刀入肉的聲音傳出來，眾人紛紛道：

「誰說是你斬的，明明是被你打傷了，我周文昌補上了一刀。」

「這是什麼話，你補的那一刀明明還沒死，人還在抽搐著，是我一刀斬下了他的腦袋的，這一下算是死透了。」

「明明這腦袋是我斬的，怎麼算到你楊文明的頭上？」

「都別吵，我是隊官，要算，也是我朱呈管教不嚴。」

「……」

外頭的聲音傳到廳裡，文仙芝已經面如土色，不禁毛骨悚然，支撐著身子站起來，齜牙咧嘴地道：「瘋了……瘋了，都瘋了……」

想及兒子沒了性命，又驚又怒，臉上閃過一絲決絕，這時候反而鎮定下來，捋平了身上的紫衣袍冠，正襟危坐在檀木椅上，對王賢道：

「站在一邊候著，本督倒要看看是誰有這麼大的膽子，敢把刀架在本督的脖子上？本督乃是朝廷命官，身居二品，敕命牧首一方，他們敢動本督，就是造反，是謀逆！」

他大喝一聲：「本督就要看看，這些亂黨賊子，還敢做什麼事來！」

時間一分一秒地過去，外頭的驚呼聲越來越多，人影接踵進來，一個個校尉按著染血的刀擁入正廳，站在一邊的王賢已經嚇得癱成了肉泥。

文仙芝的額頭上已是冷汗淋漓，顧不得去擦拭，只是直勾勾地盯著這些兇神惡煞的人，大呼道：「你們是什麼人？想造反嗎！」

幾十個衝進來的校尉都看著他，誰也沒有說話，更沒有動彈。

文仙芝見他們如此，便朗聲道：「擅闖大都督府與謀逆無異，現在都給本督退出

去，本督還可以爲你們求情，快滾出去！」

校尉們仍然沒有動，面無表情地看著文仙芝。

突然間，有人道：「殿下來了。」

於是裡三層外三層被包圍住的廳堂立即有人讓出一條道來，沈傲按著尚方寶劍昂首進來，目光落在文仙芝的身上，冷冷一笑道：

「文都督別來無恙！」

文仙芝略帶懼色，硬著頭皮冷哼一聲道：「殿下帶兵圍了大都督府，殺我大宋邊軍，斬本督次子，這是何故？」

沈傲漫不經心地道：「討個公道！」

文仙芝卻道：「你這是謀反！」

沈傲撇撇嘴，已經開始緩緩抽劍了，冷笑道：「隨你怎麼說，本王來了，就是要取你的狗頭，殺你滿門，天大的罪，本王也認了！」

「你……你……」文仙芝的喉結滾動了一下，面如死灰的道：「你可知道殺了本督就是謀逆大罪，誰也救不了你，縱然你是親王之尊，是駙馬都尉，聖眷在握，也絕無僥倖！」

沈傲將劍抽出來，淡淡地道：「本王知道！」

看到那明晃晃的劍身，文仙芝的身子已經完全癱在檀木椅上，期期艾艾地道：「殿下還是想清楚的好，本督確實有得罪殿下的地方，可是罪不至……」

沈傲跨前一步，長劍前指，大喝一聲：「不是罪不至死，是萬死莫贖，昨日你令邊軍逐殺災民時，可曾想到有今日？知道那一千六百人屍積如山時，你可曾問過他們有必死之罪？」

文仙芝道：「本……本督……他們……這些……這些刁民亂黨，死不足惜。」

沈傲提著長劍，快步衝上前，鋒利的劍鋒破風而過，狠狠地扎入文仙芝的胸膛，文仙芝坐在椅子上，發出一聲驚呼。殷紅的鮮血流出來，還沒有死透，整個人抽搐起來，難以置信地看著沈傲。

沈傲與他相隔不過一尺，狠狠地旋轉著劍柄，劍身隨著手的力道在文仙芝的肉中旋轉，沈傲惡狠狠地道：「那麼……你就和他們一起去死！」

文仙芝的口裡溢出血來，在最後的彌留之際，沈傲附在他的耳旁道：「文都督不必怕寂寞，半個時辰之內，你一家老幼都會隨你一起上路，文都督一路好走。」

沈傲將劍從文仙芝的胸膛裡抽出來，鮮血濺出，文仙芝死在檀木椅上，歪著頭，一雙眼睛仍然睜得極大。他臨死之前，明顯嘴唇在蠕動，到底還想說什麼，誰都不知道。

沈傲收劍回鞘，看了廳中的校尉一眼，道：「都站在這裡做什麼？」

校尉們抽刀，搶上去把文仙芝斬爲肉泥，一起道：「殺人！」

大都督府頓時雞飛狗跳，僕從護衛全部被趕了出去，其餘的家眷一個不留。沈傲下達這個命令時，臉上沒有任何表情，文仙芝殺了一千六百人，沈傲殺他三十餘口又算得了什麼？文仙芝既然敢殺別人全家，就要有自己全家被斬殺的覺悟。

從大都督府裡出來，沈傲顯得有些疲倦，手無力地搭在劍柄上，才發現大都督府外頭竟被人海淹沒。

「殿下千歲！」黑壓壓的人跪在雪地裡，之前的猜忌一掃而空，他們除了頂禮膜拜，已經不能用任何方式去答謝。

沈傲露出一點羞澀，只好又縮回都督府去，恰好撞到了提刀的童虎。

童虎道：「殿下，文家滿門已經全部伏誅了！」

沈傲拍了拍他的肩道：「你比你叔父要強！」

童虎將刀插回腰際，略帶靦腆地道：「謝殿下褒獎。」

沈傲道：「現在，你去把太原城中各部邊軍將佐全部召來，把文家滿門的頭顱都懸掛在都督府門前，讓大家列隊，升帳擂鼓！」

童虎重重道：「卑下遵命！」

沈傲回到大都督府正廳去，這廳叫白虎廳，乃是升帳召集將佐署理軍政事務的場所，從前是文仙芝高踞這裡指揮政令，如今沈傲毫不客氣地坐在首位，兩班校尉列隊兩邊，外頭又是一列殺氣騰騰的校尉衛戍，營官、中隊官、隊官各有所司，沈傲肅然道：

「擂鼓……」

「咚咚咚……」鼓聲如雷，聲震九天之上。

都督府的鼓聲傳出來，城中各營的將佐都覺得奇怪，這時候擂鼓做什麼？那平西王和太原都督打生打死，何必要牽扯到大家的頭上？

後來才有人來報信，說是太原大都督文仙芝滿門三十多口全部被平西王斬了腦袋，幾十顆頭顱掛在了都督府的門前。

眾將都是駭然，他們雖是行伍之人，殺人像割韭菜一樣，也都算是狠人。可是直接殺了一個二品大員全家的，卻是聽都沒有聽說過。

幾個將佐這時都坐不住了，聚在一起通氣，這個道：「那平西王相召，我們要不要去？」

另一個道：「殺都督可是大罪，若是我等去了，朝廷會不會誤以為我們是黨羽？這平西王也是的，他要殺人，咱們也不礙著他，由著他去就是，如今把大都督全家殺光了，又召我們過去，這不是坑人是什麼？」

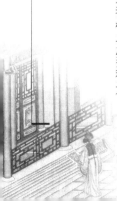

眾人都是唏噓，提及這傢伙，難免露出畏懼之色，這傢伙簡直是天煞孤星，走到哪兒殺到哪兒，從前殺人還講個理由，殺官商是官商反事已露，殺蔡家是蔡家欺君獲罪，殺女真人是國仇家恨；今日倒好，連理由都不要了，直接斬下了許多人的腦袋，連邊軍都斬了幾百個人頭下來。

都司梁建道：「現在說這個有什麼用？若是我們不去，惹火了那愣子，說不準下一次就來殺你我了，罷罷罷，還是去了再說，看他說什麼。」

眾人都覺得有理，各自牽了馬，連親衛都不敢帶，生怕被那姓沈的挑出什麼錯處，幾十個人熙熙攘攘地一起到了大都督府。

大都督府門前人潮洶湧，全都是災民，將佐們看了不禁皺眉，好在沒人攔他們，給他們讓出了一條道，讓他們放馬過去。一路上，地上還殘留著不少血跡。

他們一起在門外下了馬，一個個乖巧地對門邊的校尉行禮，露出笑容道：「能否通報……」話還沒說完，校尉只朝他努努嘴道：「殿下在白虎廳等候多時。」

大家紛紛點頭，安靜地進去。若換做從前，哪個守門的敢這般倨傲？早就有按捺不住的賞兩個耳刮子上去，偏偏這些人反而覺得人家這樣的態度實在是理所當然，誰也沒說什麼。

繞過了影壁，兩邊都是漠然的校尉，按著刀，筆直的站立在一旁，一雙雙眼眸冷漠地打量著他們，讓梁建等人很是心虛，好不容易捱到了白虎廳，大家這才站好，一起在外頭道：「王爺在上，末將人等給王爺問安。」

裡頭傳出一個聲音：「進來！」語氣很是不客氣。

大家垂著頭，乖乖地進去，又是行禮，連高踞在首位上的沈傲看都不敢看一眼。

沈傲目光沉著，淡淡地道：「都站起來說話，今日本王叫你們來，是要告訴你們，太原都督文仙芝縱容軍卒殺戮百姓，今日已經伏誅，這太原不得一日無主，哪個是都司梁建？」

梁建立即道：「末將就是。」

沈傲頷首點頭道：「即日起，你便暫代都督之職，署理軍政吧。等朝廷什麼時候委派了新的都督來，你再與他交割。」

梁建心裡叫苦，原本代職都督，他是做夢都想的，只是絕不是這個時候。眼下代職了這都督，不說上頭有個平西王，只能當一個提線木偶。且說等到朝廷得知平西王殺太原都督的事，敕欽差來治罪，他這都司說起來也從平西王手裡拿了好處，難保不會有人疑心他與平西王有染。到時候御史彈劾，他這張嘴哪裡說得清？這真是天大的冤枉，簡直是要人老命了。

梁建想定之後，雙膝一跪，立即號啕大哭道：「殿下饒命，末將上有老，下有小，

不敢暫代都督。」

沈傲奇怪地看了他一眼，正色道：「本王的話，你也敢不聽?本王不要你的命，這都督的職事，非你暫代不可。」

兩班的校尉這時候站得更直。梁建心裡大叫：「苦也，今日若是違了平西王的命令，說不準頃刻之間人頭落地。可要是暫代了這都督，少不得要牽扯到平西王，到時候自己就是從犯，殺上官這條罪講得清楚嗎？」

可是這時候，他也不敢再說什麼，只好道：「末將遵命，一切唯平西王馬首是瞻，不敢有違。」

沈傲這才點頭笑道：「這才像話，有梁都司從旁協助，本王在太原做起事來就容易多了。」他臉色一板，道：「梁建，你既是代職都督，本王問你，眼下城中無糧，百姓饑寒交迫，該當如何？」

梁建心想，果然不出老夫所料，這才剛剛被拉上賊船，便要給這平西王擔干係了。

梁建吞吞吐吐地道：「這……末將以爲……以爲……」

他哪裡能說出個子丑寅卯來，平時都是別人給他拿主意，上官下了命令，他去做就是，如今叫他來拿主意，實在是爲難了他。

沈傲的臉色立即沉了下來，道：「怎麼，你說不出？」

梁建給嚇得有些魂不附體，這暫代都督比都督還慘，姓文的死了也就死了，我這老頭子卻連死都不能。只好硬著頭皮道：「還請殿下示下。」

沈傲淡笑道：「這倒是有趣，你是暫代都督，倒是問起本王來了。」

梁建苦笑道：「末將只是個粗人，實在不堪重任，不如殿下另舉賢明？」

沈傲臉色又板了起來，道：「就是你了，你還推脫什麼？快把主意想出來，想不出，這十數萬百姓身家全部擔在你的身上，若是凍死餓死一個……」沈傲狠狠地拍案道：「梁都督可還記得文仙芝的下場嗎？」

梁建打了個顫，心裡說，平西王當真是要把我往火坑裡推了。只好唯唯諾諾地道：「末將不敢，末將不敢。」說著，乖乖地跪在地上一動不動。

文仙芝做都督，八面威風，他這梁建暫代都督，屁股還沒坐熱，就得乖乖地跪在這裡，哪裡見什麼威風？只有一肚子的委屈。

沈傲一邊翹著腿，一邊喝著茶，又讓人拿了書來，擺明了是要和梁建耗上。這梁建也活該倒楣，滿腦子不知想什麼，要賑濟災民，又沒有錢糧，他便是天王老子也拿不出主意，只怕想個一年半載也還是沒有。

每隔一炷香，沈傲便和顏悅色地問梁建：「梁都督可曾想到了良策了嗎？」

梁建總是抹著冷汗道：「末……末將再想想。」

一直耗了兩個時辰，梁建已經跪得兩膝酸麻，連身邊的將佐都不忍心看了，老梁好歹也是老資格的邊將，不少人還是他帶出來的，如今見他受這苦，也都爲他叫屈，卻沒人敢去替他說話，只好像木頭一樣杵著，動也不敢動一下。

眼看天色已經晚了，沈傲肚子空空，梁建沒生氣，他反倒生氣了，橫眉怒斥道：「你這都督是怎麼當的？十幾萬災民嗷嗷待哺，就等你拿主意，你卻如此怠慢，是什麼道理？莫非你和文仙芝是一路貨色，不顧災民死活嗎？」

梁建最怕的就是沈傲將他和文仙芝連在一起，這時什麼面子都顧不上了，放聲大哭道：「末將無才無能，耽誤了王爺大事，實在想不出主意，請殿下處置！」

沈傲冷哼道：「大膽，既然沒有主意，又何故竊居高位，尸位素餐？」

梁建心裡大叫，這高位是平西王你叫我坐上去的，尸位也是殿下你一定要安在我的頭上，這時反倒怪起我來了？心裡縱有千般的委屈，卻是不敢說，只好道：「饒命，饒命！」

沈傲沉著臉道：「耽擱了一炷香，就有許多災民饑寒交迫，更何況是耽擱了兩個時辰？這樣做官，心裡可存著一絲百姓？來，拿下去，砍頭示眾，以儆效尤！」

梁建聽了，整個人魂不附體，高聲大叫：「末將冤枉。」

眾將佐也都看不下去了，這擺明了是坑人啊，於是紛紛站出來道：「殿下，梁都司平時一向奉公守法，又是沙場老將，功勞無數，何不給他一個將功補過的機會？」

又有人道：「梁都司年紀大了，一時想不出也是常有的事，就請殿下再給他一些時間。」

沈傲的臉色才緩和了一些，淡淡地道：「說的也是，梁建，本王聽說過你，雖然沒什麼建樹，卻也爲國效勞了一輩子，本王也不忍心懲處。可是眼下事情緊急，你總要拿個主意才好。」

梁建老淚縱橫地道：「末將當真不知拿什麼主意。」

沈傲吁了口氣，道：「既然如此，那本王有個建議，不知梁都督肯不肯採納？」

梁建活了大半輩子，什麼大風大浪沒有見過，卻沒有如今日這般凶險的，只覺得自己的腦袋朝夕不保。這平西王說是建議，他哪裡敢不遵？擺明了是叫自己聽他的「建議」行事，立即道：「請殿下示下！」

沈傲笑呵呵地道：「這是什麼話？你是代職都督，本王只是給你一個建議採納，說示下做什麼？倒像是本王命令你一般。」

下頭眾人的臉都拉長了，心裡都說，你這般坐著，人家可是跪了兩個時辰，敢不採納你的意見嗎？

梁建苦笑道：「是，末將聽取殿下的建議，請殿下明示。」

沈傲抖擻精神，正色道：「眼下事情緊急，多耽擱一日就會生靈塗炭，都督何不將城中的米商都請了來？據說他們都囤積了大米，就讓他們將糧食獻上，官府商民一同共度難關如何？」

梁建心裡不由地哆嗦了一下，又是大叫苦也，米商囤積糧食本就是利字當頭，怎麼還肯捐出糧來？簡直就是笑話。

梁建哆嗦地道：「若是糧商不肯給呢？」

沈傲撫案，微微笑了笑，雲淡風輕地道：「若是不肯給，這就是破壞商民團結，是囤貨居奇，罔顧我大宋生靈，梁都督，你說該怎麼辦？」

梁建這才明白了沈傲的意思，原來將自己攏出來，爲的就是這個。

天可憐見，商人的首領乃是鄭國公，那也是個斷不能惹的人物，人家有受寵的女兒在宮裡，懷州人在朝廷影響也是不小，便是這邊鎮，誰敢說沒有收過他鄭家的禮物？不肯給，自己能拿鄭國公怎麼辦？這句話應當問自己，若是向鄭家催要糧食，鄭家拿自己怎麼辦才是。

梁建期期艾艾地道：「末將不知。」

不知就是糊弄，可惜沈傲絕不是個好糊弄的人，臉色一板，拍案而起，怒斥道：「不知？你身爲一鎮督帥，居然不知？眼看太原就要餓殍遍地，民不聊生，你竟然不知？混賬東西，你就是這樣做都督的？」

他瞇起眼睛看著梁建，森然冷笑道：「這句話是你說的，本王有言在先，若是真有人餓死，你代職都督去償命吧，死了一個災民，你自刎謝罪；死了兩個，再添上你的長子；死了三個，就殺你家三人，你仔細思量，不要以爲本王是軟柹子，惹得本王火起，文仙芝就是你的榜樣！」

這一句恫嚇，在別人說來還可以不當真，可是平西王剛剛殺了文仙芝全家，那一家老小的頭顱還懸在府門門前，就誰也不敢小覷了。

梁建聽得肝膽俱裂，哭喪著臉道：「末將現在知道了，奸商若是不繳出糧來，那便是罪無可赦，上不爲朝廷分憂，下不解民困，狼子野心昭然若揭，末將以爲，可以將他們拿來收監拷問。」

沈傲笑起來，道：「這才像個都督的樣子，不過收監拷問太輕了，抄家殺頭吧，他們不奉送上來，邊軍難道是瞎子聾子，自己不會取？富不與官鬥，這是老祖宗的話，不聽話，就要他腦袋！」

梁建不由倒吸了口涼氣，也只能唯唯諾諾地道：「殿下說得是，說得是。」

沈傲下了公案，將梁建扶起來道：「梁都督，十萬百姓的性命都維繫在都督身上了，都督且先坐下，來人，還不快去把城中的糧商全部請來？哪個敢不來的，就封了他

們的舖子，立即嚴懲查抄，梁都督有話要和諸位糧商說，快去快回！」

校尉們聽了吩咐，唱喏一聲，便飛快地去了。

沈傲和梁建坐下寒暄，先問梁建哪裡人士。梁建道：「鄙人洪州人。」

沈傲驚訝地道：「本王的祖籍也在洪州，啊呀呀，梁老都督，想不到你我還是同鄉，真真沒有想到。」

梁建心裡想，是同鄉你還坑我？接著笑著道：「末將也意外得很。」

沈傲又問他，在邊鎮幾年？家裡有什麼人？一問到這些，梁建立即警惕起來，他問家裡有幾口人做什麼？莫非……要小心了。

沈傲見他支吾不答，不禁笑道：「莫非都督有難言之隱嗎？無妨的，本王就喜歡問問這個，哈哈……若是本王沒記錯，梁都督總計有七個兒子，一個在太學讀書，其餘的都在太原是嗎？」

梁建臉色驟變，不得不道：「王爺明察秋毫。」

沈傲擺擺手道：「謬讚，謬讚，不過無意聽到些閒言閒語而已。老都督是沙場老將，本王很是佩服，將來說不準你我還要一道兒奔赴沙場，建功立業。」

梁建只是有一搭沒一搭地聽，既不敢怠慢，心裡又想著要如何脫身，不知不覺，天色已經越來越晚，廳中的其他將佐只能乾陪著，沒有人敢告退。

第一二四章 放手一搏

糧商們被他看得心裡發毛，原本撞到這個沈愣子，
是躲都躲不及的，哪裡敢和他打擂臺？
可若是當真把糧食貢獻出來，
損失就是幾百上千萬貫的事，怎麼能輕易就撒手？
便是拼了性命，也要放手一搏。

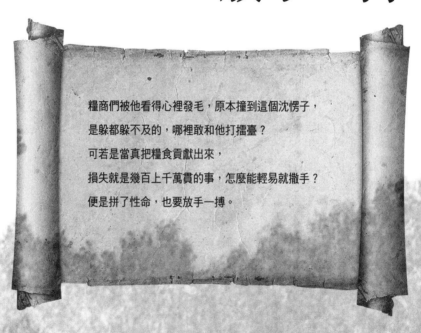

當日的消息，早已傳到鄭家的別院，文仙芝被斬，全家一個不留，報信的小廝將事情傳到鄭克耳中，鄭克正在房裡取暖看書，不禁將書卷放下，駭然道：「好大的膽子！」隨即若有所思起來，負著手，在房中來回踱步，時而皺眉，時而咬唇，臉色鐵青到了極點。

這姓沈的當真瘋了，居然不去請旨，就敢把刀架在二品大員的脖子上……

鄭克雙眸一亮，不禁喃喃道：「擅殺二品大員，圍殺太原都督府，這麼大的罪，沈傲便是天潢貴胄，只怕也難逃法網，文仙芝是完了，可是沈傲還想脫身嗎？」鄭克冷哼一聲道：「這是他自己找死，怪不得誰了！」

說罷，立即叫人拿了筆墨，寫了封信，叫人送去給李邦彥，整個人才變得輕鬆一些。

文仙芝算什麼，死了也就死了，死了一個文仙芝，能扳倒姓沈的，無論如何也不算吃虧。鄭克不禁捋著鬚，淡淡一笑，叫人道：「來人，換新茶！」

可是進來的卻是米鋪的掌櫃，這掌櫃心急火燎地過來，道：「老爺，米舖外頭來了個校尉，通知咱們鄭記米舖去大都督府，說是代職都督梁建大人有話要說。」

鄭克的臉拉了下來，道：「梁建什麼時候做了代職都督？」

掌櫃訕訕道：「這些消息之前也沒有風傳，想必是臨時暫代的。小人來向老爺問問，老爺去還是不去？」

鄭克厭惡道：「不去，一個代職都督就能叫老夫出馬？梁建還沒這麼大的臉。」

「可是不去的話……」掌櫃不禁猶豫著道：「只怕……」

鄭克想了想道：「你去一趟，看他們怎麼說，不管什麼事，先不要應下來，到時候通報老夫知曉再做定奪。」

這掌櫃心裡叫苦，大都督府對他們這些人來說有如閻羅殿，誰敢去那裡？可是老爺的吩咐他又不能不聽，只好硬著頭皮道：「是。」

鄭克見這掌櫃一臉爲難，溫言道：「許冰，你也是鄭家的老人了，不必怕，他們不敢怎麼樣。」

許冰放下了心，道：「請老爺等小人的消息就是。」

便連夜會同十幾個糧商，先通了氣，商量了應對的法子，才一起到大都督府。通報後，魚貫而入，只見白虎廳內，兩班校尉筆直挺刀而立，又有兩班將佐各自坐在兩側，坐在最上首的，自然是代職總督梁建，下首作陪的，卻是笑吟吟的沈傲。

眾糧商紛紛行了禮，都道：「小人見過平西王，見過梁都督。」

梁建和這些人多少都打過一些交道，這時候拋不開面子，訕訕道：「諸位免禮吧。」

誰知沈傲道：「且慢！」大家都看向沈傲，表面上梁建坐在首位上，可是誰都知道，白虎廳裡真正的主子是平西王，連梁建聽沈傲說一句且慢，都立即正襟危坐，認真傾聽。

沈傲冷冷道：「見了本王和梁都督行禮，可是這下頭這麼多都司、將虞候、都虞候，你們爲何不行禮？莫非是看不起他們？哼，他們都是四五品的武官，是朝廷欽賜的柱石，你們是什麼東西？一幫子草民罷了，還不快給諸位將軍磕頭行禮！」

兩側坐著的將佐這時候紛紛咳嗽，有人擺手想說不必，可是隨即想到平西王這般說，哪裡是要爲他們張目？只怕是故意要給這些糧商一個下馬威，於是立即閉上口，不敢說什麼。

聽了沈傲的呵斥，眾糧商都是面面相覷，可是人在屋簷下，如今又撞到沈傲這麼個煞星，也不敢說什麼，只好跪下來朝大家磕頭，一個個道：「草民見過諸位大人……」

平時都是別人拜見他們，如今卻要向人磕頭，這些人的心裡已大是不悅了。莫說是他們，就是接受這些人磕頭行大禮的都司、將虞候，也都是面色局促，顯得有點兒不安。

糧商們乖乖地給所有人磕頭行了禮，梁建乾咳一聲，道：「來，給大家賜坐吧。」

沈傲坐在一旁，淡淡笑道：「坐就不必了，本王倒是想起一個人來，只是不知道他今日爲何沒來？」

糧商們都看著沈傲，其中一個道：「不知殿下說的是誰？」

「有個欠了本王一億兩千萬貫錢的傢伙，叫鄭克的，你們誰認識？」

鄭記米鋪的許冰不得不硬著頭皮站起來道：「我家老爺瑣事纏身，因此小人代我家老爺過來，都督大人有什麼話，和小人說也是一樣。」

沈傲板起臉來道：「這是你說的，若是待會兒你做不得主，可別怪本王給你苦頭吃！」

「這……」許冰瞠目結舌，想了想，心裡道，且看他說什麼。

待大家安靜下來，沈傲也就不再說話，目光落在梁建身上。

梁建正色道：「此次招諸位來，爲的還是我太原災情，如今太原城有災民十數萬之多，衣不蔽體、食不果腹，再這般下去，早晚要餓死凍死，上天有好生之德，朝廷有濟民之心，可是眼下汴京賑災糧食運不過來，本地官倉已經空空如也，如之奈何？因此特地請來諸位高賢，便是要成全你們一樁功德。」

梁建的開場白倒還算客氣，可是聽在糧商們耳裡，大多都不以爲然，他們四處收購糧食，囤積了這麼久，費了不知多少錢財和心力，所爲的就是趁機在這太原大賺一筆。在商言商，什麼仁義道德都不能講的，但凡有一點良知的，只怕早已破產了，哪裡能做

得了什麼大買賣？像他們這樣低買高賣，進出幾次便可獲利數十數百倍，又怎麼肯把糧食拿出來？只要糧食拿出來，官府有了糧食賑災，誰還十倍、百倍的購買他們的糧食？當真如此，這一次買賣就要賠得底朝天了。

梁建繼續道：「我和平西王商議良久，已是無計可施，今日只能求告諸位高賢，請各家拿出糧來，到時候平西王自然上報朝廷，表彰諸位的義舉，上可報朝廷，下可安黎民，這是兩全其美的好事，不知諸位以為如何？」

他生怕糧商們不肯，還補上一句：「待災情緩解之後，朝廷發來糧食，本督自然將糧食原數奉還，定然不教諸位吃虧。」

一個糧商不禁笑道：

「都督這是什麼話？這時候的糧食和災情緩解之後的糧食可不一樣，這時候的糧價是十貫一斗，若是平時，七十就能買到，便是雙倍奉還，我們也要折本的。小人們是商人，這些糧也是從外地購買，車馬的費用也不是小數。都督若執意要我常隆米鋪捐糧，小人能說什麼，明日便教夥計送兩百斗來，以供都督調遣。」

兩百斗糧食對今日的狀況而言，無疑是打發叫花子，梁建見這糧商一臉似笑非笑的樣子，不禁勃然大怒，正色道：

「本督聽說常隆米鋪囤積著糧食三萬斗，這兩個月，你們十倍百倍的將糧食賣出去，早已賺得滿盆金帛了，這般推三阻四，難道不怕……不怕……」

他一時愣住，原本想說不怕天理不容，可是隨即想到，這些人都大有來頭，每一個人的身後至少也有個侍郎站著，再者，這些人從前也送過不少禮物來，所謂拿人手短，這時還真不好說什麼重話。

糧商們見梁建心怯，都笑了起來，那鄭記米鋪的掌櫃許冰道：「我等都是奉公守法的商人，咱們只打開門做生意，按月給足稅賦，如今都督又要剝皮敲骨，還讓我們如何營生？都督恕罪，這糧是斷然不能給的。」

糧商們紛紛點頭，其中一個道：「對極，對極了，咱們都是良民，不肯捐納出糧食，都督還能抄了我們的家嗎？這和賊人搶掠又有什麼不同？私財是私財，豈能輕易奉送出去？都督這般說，小人認識刑部右侍郎大人，到時候修書一封，倒要看看大宋有沒有這樣的法度。」

梁建已是冷汗淋漓，張口欲言，卻又不知該說什麼，一時瞠目結舌，連聲說：「你……你……你……」

坐在下首的沈傲面色一冷，冷笑道：「都督大人，和他們說這麼多廢話做什麼？」

梁建只好道：「殿下……我……」

沈傲站起來道：「你既然不說，那就讓本王來說。」

他按著劍柄，修長的身材給人一種偉岸的感覺，劍眉一挑，走到糧商們中間，冷冷笑著並不說話，只是一下打量這個，一下打量那個。

糧商們被他看得心裡發毛，原本撞到這個沈愣子，是躲都躲不及的，哪裡敢和他打擂臺？可是這巨大的利潤就在眼前，若是當真把糧食貢獻出來，損失就是幾百上千萬貫的事，怎麼能輕易就撒手？便是拼了性命，也要放手一搏。

商人有商人的規矩，就像做官一樣，十倍百倍的利潤，你便是搬了虎頭鍘來，他們也絕不肯輕易甘休的。做官之人可以爲千貫、萬貫甘願冒著抄家滅族的風險，商人尤甚。便是有人家資豐厚，有一輩子都享用不盡的財富，卻還是欲壑難填，他們既然敢鋌而走險來太原囤貨居奇，本身就有依仗和這膽量，要他們輕易吐出好處來，倒不如殺了他們。

沈傲突然在那個說要修書去刑部的商人面前停下，直視著他，臉上似笑非笑。這商人面色有些尷尬，卻不得不與沈傲面面相對。

沈傲淡淡道：「你叫什麼名字？」

這商人猶豫了一下道：「鄙人姓黃，叫黃亭。」

沈傲哦了一聲，笑道：「你有朋友在刑部？」

黃亭道：「君子之交而已。」

沈傲突然揚起手來，狠狠地甩了他一個巴掌。黃亭沒有料到沈傲會有這個動作，一時後退一步，捂臉嗚嗷一聲。

這時是冷冬，天氣冰涼，巴掌打在臉上要比平時疼個十倍、百倍，沈傲力氣又是不小，明顯這巴掌功夫還有練過，可謂經過無數次淬煉，如今已經略有小成，黃亭的臉霎時腫得老高，疼得他幾乎直不起腰來。

一旁的糧商看到沈傲這個動作，都不禁打了個哆嗦，驚駭地看著黃亭。

沈傲又上前一步，捂著腮幫子的黃亭眼色慌亂，生怕沈傲還要打他，立即向後退，冷不防身後被一個校尉擋住，這校尉身材如鐵塔一樣，他哪裡撞得開？

沈傲與他幾乎相隔只有一尺，笑道：「黃兄何不如再修書一封，給那刑部右侍郎問一問，本王打你一巴掌又是什麼罪？」

黃亭的眼淚都要迸發出來了，弓著身期期艾艾地道：「無罪，無罪！」

沈傲笑道：「無罪？那更好，本王今日手癢，再打幾巴掌暖暖手也好。」

黃亭整個人一下子癱在地上，道：「殿下饒命！」

沈傲居高臨下地看著他，眼中滿是蔑視地道：

「饒命？本王能饒你的命，可是十萬災民的命，黃兄肯饒過他們嗎？你們不願意被官府徵用糧食，本王當然也不會讓你們吃虧，在汴京，一斗米最好的也不過一百，不如

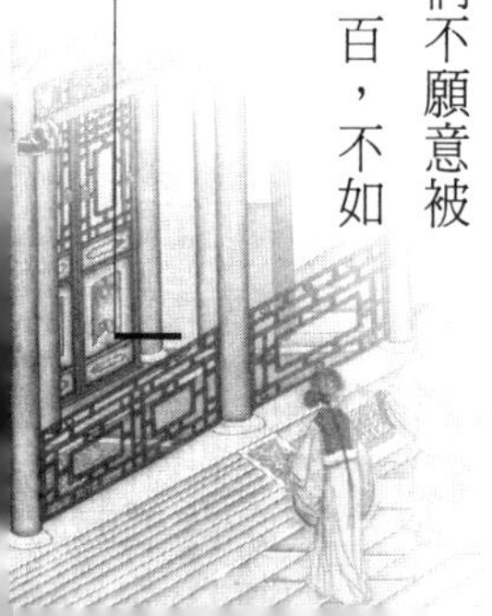

這樣，你囤起來的米，本王就以邊軍最高價一斗一百來收購，如何？」

這樣的差價，黃亭哪裡肯？可是又怕被打，不禁畏懼地看了看那鄭記米舖的掌櫃許冰一眼，吞吞吐吐地道：「我……我做不得主。」

沈傲冷冷地道：「誰做得了主？」他看向許冰，道：「莫非是他？」

黃亭低著頭，什麼也不敢說。其實他這句話倒是真的，就算是他不要這巨大的利潤，也絕不敢做主賣給官府，黃家能做這麼多買賣，靠的都是鄭家的許可，今日若是將米用一百賣出去給官府平抑米價，鄭家能放過他？到時候黃家在懷州的生意場上只怕舉步維艱，不但會遭同行唾棄，還可能會遭到鄭家的報復，他哪裡敢拿自己的一姓一族來開玩笑？

沈傲踱步到許冰跟前，許冰的面色已經沉下去，朝沈傲恭敬地抱拳道：「殿下……」

沈傲笑道：「你能做主嗎？」

許冰猶豫了一下道：「不知殿下要小人做什麼主？」

沈傲和顏悅色，看來並沒有發作的跡象，只是微微笑道：「本王願以一斗一百的價錢收購鄭家的糧食。」

許冰立即搖頭，道：「小人也做不得主。」

沈傲面色一冷，目露凶光道：「方才本王是怎麼說的？先前是你說能做得了主，本王也說，你若是做不了主，欺瞞本王，少不得要給你一些苦頭吃。」

許冰立即跪下道：「王爺息怒，這樣的大事，小人真的是做不了主。」

沈傲冷冷道：「你當本王是三歲孩童嗎？可以隨意欺矇的嗎？來人，先拿下去，打二十杖！」

幾個校尉應了一聲，便將叫冤的許冰架了出去，在廳外的雪地裡，搬了一條長凳，將許冰用繩索綁在長凳上，尋了水火殺威棒來，扒下衣服就打。

校尉們臂力大，又不知輕重，第一棒下去，便傳出骨頭碎裂的聲音，許冰淒厲嘶吼，已經暈了過去。

白虎廳裡，所有人都膽戰心驚，只聽外頭的人道：「去取了水來，潑醒了繼續打。」接著便傳出許冰悠然轉醒的聲音，又是一聲淒厲大吼……

二十杖對軍漢來說，或許還能支撐，可是對許冰這樣養尊處優的人來說，就算承受下來，只怕也活不了幾天了。

許冰先是支撐了兩杖，便開始號啕大哭，苦苦哀求：「殿下……我做不得主，我家老爺才能做主，殿下饒命！」

沈傲重新回座，陰晴不定地對梁建道：「看到了嗎？梁都督，這才有個官樣子，你

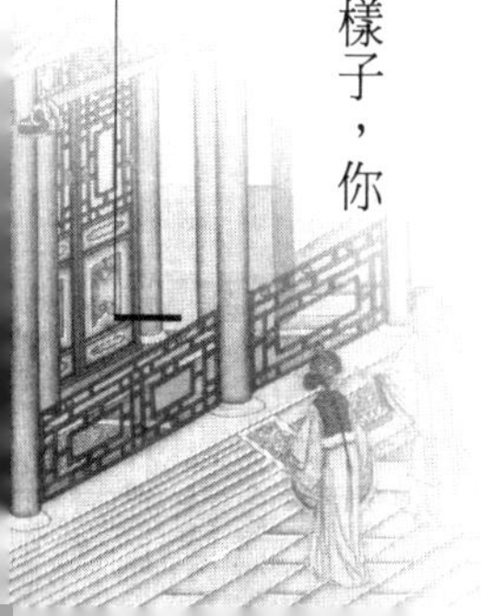

方才那唯唯諾諾的樣子對的該是良民，對這些刁民就不需這麼客氣了，打死了也就是了。」

梁建哭笑不得，還要裝出一副謹遵受教的樣子，道：「末將記住了。」

糧商們這時面面相覷，心裡大是叫苦，方才還有幾分膽色的，如今卻都啞了火，連聲音都不肯再吱一聲。下頭的將佐也渾身不自在，一動也不敢動，彷彿受刑的是他們。

二十杖打完，這時許冰的下身已經血肉模糊，被兩個校尉架著才沒有癱下去，剛才已經不知暈過去幾次，又被水潑醒。天氣冷，被冷水一澆，立時牙關顫抖，凍得吃不消，怕也只剩最後這一口氣了。

沈傲慢吞吞地喝了口茶，舉目看了押上來奄奄一息的許冰一眼，淡淡道：「你方才說，只有你家老爺能做主？」

許冰連哭都哭不出來，只是點頭。

「來人，把這位許掌櫃送回去，另外再請鄭克來，記著，帶一隊校尉去，鄭克不來，直接就抄了鄭家的舖子。」

鄭府別院，一時半會兒也沒有傳回消息，眼看就要到子時，廳裡頭仍然點著燈，燈火搖曳，照得地上的一個人影時而拉長，時而拉短。

這個影子在廳裡來回走動，且極有規矩，從東往西走十步，再折身十步回來，那張髮鬚皆白的蒼老面孔若有所思，又有些急不可耐。

這個時候把糧商們叫去大都督府，平西王的用意已經昭然若揭了。可是許冰還沒回來，也不知到底如何？鄭克這時甚至在後悔，早知如此，自己還是動身過去看看才好。沒有他這鄭國公坐鎮，那些糧商哪裡是沈愣子的對手？

他心裡越是這般想，就越是焦急，朝廷眼下還不知道太原的消息，等知道的時候派出欽差查辦，那也是一個月之後的事了，這一個月的時間裡，姓沈的能做很多事，他既是破罐子破摔，鄭克也要警惕莫被瘋狗咬了。

鄭克終於還是坐了下去，心不在焉地看了一會兒書，可是良久都沒有翻頁，足見他的心思根本不在書上。

外頭突然傳出狗吠之聲，鄭克支起耳朵，心想，莫非是那許冰回來覆命了？這時反而定下心，認真地看起書來。

果然外頭傳出急促的腳步，外頭說話的人不是許冰，而是府裡的家人，這家裡人道：「老爺，許掌櫃回來了。」

鄭克皺眉，面帶不悅地道：「既然回來了，為何不來見老夫？」

外頭的人吞吞吐吐地道：「許掌櫃的腿腳不方便，在大都督府捱了二十棍棒，已經

叫了大夫來給他治傷。許掌櫃說，平西王讓老爺去大都督府一趟，若是老爺不去，他的兵已經圍了鄭記米舖，隨時會衝進去抄沒。」

鄭克拍案而起，這時候再也顧不得什麼儀態，怒道：「姓沈的瘋了！許冰在哪裡？帶老夫去見他。」

從廳中出來，前頭的家人掌燈給鄭克引路，到了一處廂房，鄭克抬腿進去，迎面撞到一個大夫，大夫見了鄭克，連忙向鄭克行禮。

鄭克忙問：「傷勢如何？」

大夫苦笑道：「便是能活命，這腿腳也是廢了。」他的聲音很低，刻意不讓裡頭的許冰聽見，繼續道：「小人已經給他敷了藥，能不能熬過去，就看淤血能不能活絡；若是血氣堵塞經脈，至多半月，少則三天就……」

鄭克陰沉著臉，點頭道：「去庫房裡領賞吧。」說罷，便跨檻進去。

許冰是他的奴才，所謂打狗還要看主人，沈傲當著這麼多人的面將許冰打成這樣，無非就是要給他一個下馬威。

鄭克看了榻上的許冰傷勢，整個腿已是稀爛。他沉著臉坐下，道：

「那沈傲是怎麼說的？」

許冰見了鄭克，便如喪家之犬見了主人，立時哭哭啼啼，好不容易將事情原原本本地說出來，鄭克冷笑道：「一百就想買我鄭家的米？這樣的人還沒生出來。」

許冰道：「怕就怕那姓沈的什麼都不顧忌，真要動起刀兵……」

鄭克冷笑著打斷他道：「他敢！」隨即站起來道：「你好好養傷，老夫去會一會他。」

不多久，鄭府的別院抬出了一頂軟轎，四個轎夫和幾十個護衛也從偏門出來，過不多時，中門大開，鄭克穿著一件紫金公服，頭頂著五梁冠，在幾個家人的簇擁下鑽入轎子，在轎中坐定後，道：「大都督府。」

轎夫穩穩地抬起轎子，腳步飛快朝大都督府過去。

大都督府一片燈火通明，外頭百名校尉列成一列，莊嚴肅穆，轎子還沒靠近大都督府，立即有兩個騎兵校尉過來，長刀出鞘，大喝道：「來人落轎！」

轎夫們立時駐足，卻都不敢放下轎子，等著轎中鄭克的反應。

鄭克貴爲國公，便是坐轎到宮門前，也沒有受到過這般無禮的對待，一時怒不可遏，可是如今國公遇上兵，卻也只有低頭的分，他隱忍著一口氣，慢悠悠地道：「老夫下來走走。」

轎子停在雪地，鄭克從轎中出來，步行到了都督府門前，又有兩個校尉攔住他：

「來者何人？」

鄭克朗聲道：「鄭國公。」

「等著，我去通報。」校尉竟是不放他進去，慢悠悠地通報去了。

鄭克不耐煩地在門前等了一炷香，去通報的校尉才姍姍來遲道：「請鄭國公謁見。」

鄭克快步進去。到了白虎廳，見數十盞油燈將大廳照得亮如白晝，裡頭坐著許多人，其中有半數都是鄭克認得的，尤其是那些糧商，見是鄭克到了，紛紛站起來向鄭克行禮，道：「公爺安好。」

鄭克朝這些人頷首點頭，淡淡道：「好得很。」

幾個坐在廳中的將校，這時候也有些繃不住，他們這些人平時沒少受鄭克的照顧，每年年節時，都有一份禮物備上，做邊將的大多苦哈哈，太原府又是軍事重鎮，吃空餉查得又嚴，朝廷的俸祿只有這麼多，許多人一家老小都是靠鄭國公養活著的。鄭克身爲國公，還肯給他們孝敬，讓太原上下不少人心懷感激。所以見到鄭克來了，居然有十幾個將校也站起來，朝鄭克問好。

鄭克對這些邊將露出笑容，道：「難得諸位還記得老夫。」說罷撩了下袍子，目光落在沈傲身上，淡淡笑道：「平西王殿下可好？老夫來了這裡，怎麼連個凳子也沒有？」

鄭克畢竟是國公，禮數上當然少不得讓他坐下說話。沈傲嘻嘻笑道：「怠慢，怠慢，深更半夜的請國公來，驚擾了鄭國公的清夢，倒是沈某人不周了。」又朝一邊的校尉道：「來，給鄭國公搬個凳子。」

凳子搬來，鄭克坐下後，看了堂上的梁建一眼，道：「梁都司高升了？可喜可賀。」

梁建恨不得找個地縫鑽進去，乾笑道：「哪裡，哪裡。」

鄭克才慢悠悠地道：「不知梁都督和平西王叫老夫來，到底有什麼事要商量？」

梁建看向沈傲，沈傲面色一板，道：「國公是皇親，世受國恩，如今太原遭災，鄭國公難道不要意思意思一下嗎？」

「請殿下說說看，該怎麼個意思法？」

沈傲嘻嘻笑道：「這個容易……」接著，便將一百文收購鄭家囤糧的事說出來。

鄭克正色道：「這糧食是老夫八貫一斗收購來的，豈能讓你一百文拿去？若是殿下要，老夫便折本，八貫錢賣你一斗如何？」

多少錢收購反正也是鄭克說的算，他這樣說，等於是堵住了沈傲的嘴，一百文想收他鄭家的糧，想都別想，若是官府肯八貫一斗的收糧，鄭克倒是並不介意。

沈傲雙目一沉，心知是談不妥了，冷笑一聲道：「國公是在說笑？」

鄭克正色道：「殿下看老夫像在說笑嗎？」

白虎廳裡，若說有誰不怕沈傲，也唯有這鄭克了，鄭克皇親的身分在這裡擺著，沈傲就算有天大的膽又能如何？

沈傲霍然而起，道：「這麼說，國公是不願發糧救濟百姓了？」

鄭克捋鬚，淡淡一笑，道：「賑濟百姓是官府的事，也是平西王這欽差的事，與老夫何干？平西王若是沒有糧吃，老夫倒是可以爲殿下備一副碗筷，再多，就沒有了。」

鄭克吃定了沈傲沒有糧，如今已是狗急跳牆，再湊不出糧來，到時候餓死個幾千上萬人，反正和自己也沒有干係，可是沈傲身爲欽差，先是不請旨就殺了太原大都督，又餓死了災民，這兩樁罪算起來，便是神仙也救不得他。

沈傲嘆了口氣，道：「救人一命勝造七級浮屠，國公連這個道理都不懂嗎？」

鄭克根本不理會他，只是闔目高坐。

沈傲突然臉色一變，按住了尚方寶劍的劍柄，道：「國公不懂，卻也好說，不過……這糧本王一定要取，國公當本王叫你來，只是說笑嗎？」

鄭克冷笑道：「殿下說笑與否，與我何干？」

若是在後世，某些特殊的行業談不攏就該抄刀子了，沈傲不禁大笑起來，道：

「國公既然這麼說，這也好辦，本王給你十二個時辰考慮，本王是不是在說笑，國公自己思量吧，十二個時辰之後，鄭家若是不肯交糧，本王就真要和國公開一個天大的玩笑了。」

鄭克只當沈傲是在給自己找臺階下，淡淡說道：「殿下自便。」

沈傲不再說什麼，只是道：「來人，請諸位糧商們出去。」他向在場的糧商道：「你們也是一樣，十二個時辰！若是十二個時辰之內不給本王一個答覆，小心自己的狗頭。」

糧商們心不在焉地應了一聲，目光卻全都看著鄭克，心想，你若真有膽量，便讓鄭國公拿出糧來吧！

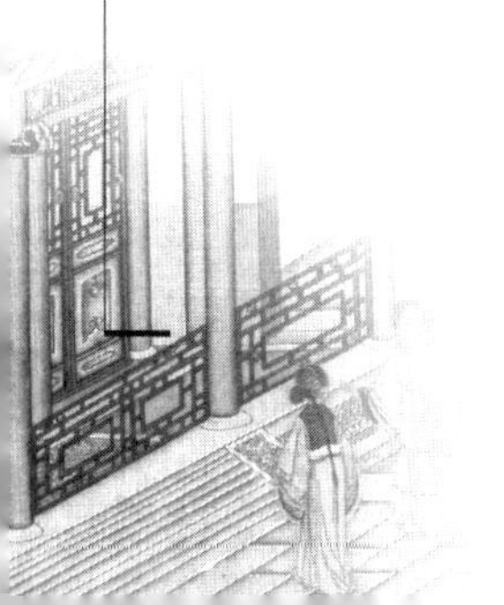

第一二五章 破釜沉舟

帶隊的將佐這時急紅了眼，眼下這個局面，

總要有人讓步，眼看平西王是鐵了心，

只好把希望寄託在糧商身上。

可是當看到這空空如也的貨棧，

立即便明白這些糧商也是抱著破釜沉舟的態度了。

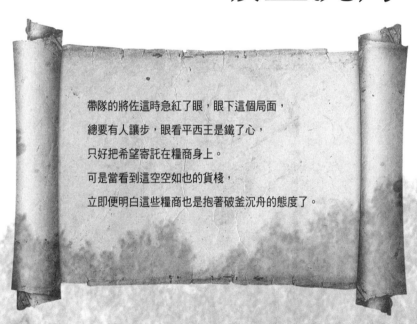

鄭克領著一干人從大都督府裡出來，眾人有默契地上了轎子，都往鄭府別院裡走。

到了鄭府別院，轎子落下，先到的人並不出轎，直到鄭克下了轎子，眾人才紛紛出來。只是在中門前，誰也沒說話，一併魚貫進了別院。

過了一會兒，裡廳的燈亮了起來，幾個值夜的家人手忙腳亂地燒水斟茶，一干人在燈火之下各自落座。

這時已是三更，雖是如此，卻沒有人有倦意，反是精神抖擻，只是臉色都有點兒不太好看。如今那催命鬼已經給出了限期，若是不交糧，後果如何，誰也不敢預料，姓沈的做事一向不留餘地，誰知道到時候會是什麼光景？

糧商們當然也怕，怕就怕沈傲一聲令下，校尉、邊軍出動，抄沒糧食，到時候偷雞不成蝕把米，豈不是白忙活了一場？所以大家的眼睛都落在鄭克身上，想看看鄭克怎麼說；鄭國公怎麼說，大家就怎麼做就是。

鄭克慢吞吞地喝了口熱茶，臉色平靜，看不出有什麼異樣，眼見大家都看著自己，不禁失笑道：「都看著老夫做什麼？沈傲要對付的又不是老夫一個，難道這主意都要老夫來拿嗎？」

先前那挨了一巴掌的黃亭訕訕笑道：「我等都以國公爺馬首是瞻，國公爺說要我們乖乖地交了糧，我們也絕不皺眉頭；國公爺若說和那姓沈的硬撐到底，便是刀山火海，我等也只有硬著頭皮與那姓沈的周旋了。」

鄭克笑了笑道：「老夫倒是想聽聽你怎麼說，這糧食是該交還是不交？」

黃亭皺眉遲疑地道：「這糧食若是交了，我黃家非但不能盈利，反而要貼進去十幾萬貫；若是不交，以眼下的利潤賣出去，再加上典當行的生意，只這幾個月，至少能賺一千萬貫。如此這麼一算，在下當然是不肯交的。再者說了，爲了做成這太原的買賣，黃家不知耽擱了多少生意，若是功敗垂成，又是數十萬貫泡了湯。黃家是小門小戶，哪裡禁得起這樣的折騰？」

其餘幾個人也附和道：「黃兄說得不錯，我們劉家也是如此，這生意做成了，便是金盆洗手也足夠數代的開支，這樁大富貴豈可說丟就丟？姓沈的一句話就能把我等嚇住嗎？」

黃亭見許多人聲援自己，不禁捋鬚笑道：「正是這個道理，人生百年，好不容易撞到這麼一次機會，豈能看著它從手裡頭溜走？」

鄭克一邊喝茶一面聽，見眾人不說話了，便向幾個沉默的糧商道：「你們也是這個意思？」

那幾個人站起來道：「願孤注一擲。」

「好！」鄭克的嘴唇哆嗦了一下，略帶幾分激動地道：「事情做了一半，寧願滿盤

皆輸，也不能拱手認輸。實話說了吧，姓沈的殺了文仙芝，已鑄下滔天大罪，朝廷的敕使也不過月餘就到，早晚要將他鎖拿進京，他這是狗急跳牆，要趁著最後一口氣，逼我們把糧交出來。這糧，斷不能交！」

鄭克斬釘截鐵地道：「十二個時辰過去之後，若是他來催糧，你們只管說糧食已經兜售光了，今夜就把糧食移出貨棧，尋些心腹將這些糧食儲起來。」

藏糧倒是不難，這些糧商既然敢來這裡做這殺頭的買賣，哪裡會沒有準備？但凡賣糧的，都有極大的地窖用以存儲糧食，這也算是商業秘密，是這一行當的規矩。

「可要是那姓沈的帶人來查抄呢？」黃亭不禁問道。

鄭克笑道：「就讓他去抄，他抄不出來。到時候沒了糧，他總不能殺了大家的頭，只要死死的咬住沒有糧食，他能怎麼樣？」

「可是生意怎麼辦？」

鄭克冷笑道：「先餓著那些傢伙，等沈傲被鎖拿進京了，我們再賣；到時莫說是十貫，便是二十貫，餓極了的人還不都得乖乖的掏錢嗎？到時候再以賤價大肆收購田契、地契、房契和古玩珍寶，如此一轉手，獲利只怕又不同了。」

綾羅綢緞、瑪瑙珠玉、田地高宅這些東西是不能吃的，這樣的囤貨居奇法，只怕不用兩個月，整個太原城的銅錢、金銀全部要流入糧商手裡，還有土地、房產、古玩字畫等，實在拿不出現銀來時，除了將這些在太平時節價值萬貫的東西當個百貫、千貫來換十幾斗糧食活命，還能有什麼辦法？

眾人聽了鄭克的話，皆振奮起來，整個太原城的價值難以計數，現在不值錢的東西，過上幾年，其價值便可翻個百倍、千倍都不止。

鄭克笑道：「上個月，有人拿了一幅顏真卿的行書來典當，諸位可知道這幅行書價值幾何嗎？」

所有人伸長了脖子。

鄭克笑道：「兩百貫！」

黃亭吸了口涼氣，不禁道：「顏真卿乃天下數一數二的行書大家，前唐的大家無出其右，再者他的行書流失的又多，便是各藩國也都是千金搶購，在下在江南時，聽說有人以十一萬貫的高價拿下了一幅他的字帖，這幅行書，少說也值五萬貫以上才是。」

鄭克吹著茶沫，笑道：「五萬貫的東西，只換了一百斗米走，若是以現在的米價來算，就只能換二十斗了，可是人總要吃飯，留著這東西又不能塡飽肚子，不吃就要餓死，換了諸位，是願意一家老小盡皆餓死，還是乖乖將這東西拿來換糧？」

黃亭道：「自然是先活命要緊。」

鄭克哈哈笑道：「就是這個道理，人死了，就什麼都沒了，這個道理誰都明白。眼

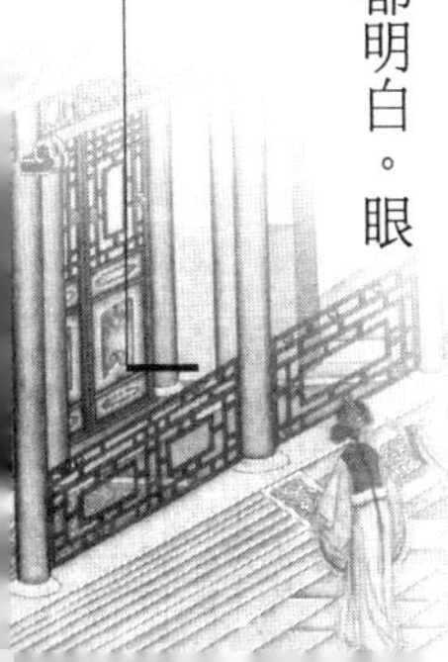

下大多數人當的還只是華服、車駕，可是等這些東西都當空了，就是拿出家底的時候了。所以這筆買賣只要做得好，便是一樁天大的富貴，鄭某倒也想收手，無奈何利字當頭，只有捨命一搏了。」

要鼓動這些糧商的士氣，根本不必說什麼大義，鄭克只這幾句話，就令所有人都鐵了心思，事情只要能想明白，還有什麼不敢做的？

直到五更過去，眾人才紛紛散去，各自回了米舖處理善後事宜去了。

天剛拂曉，城中的差役起得也極早，官倉裡的糧食只剩下最後一千斗，可是該給災民的還是要給，粥棚被砸了，重新休憩過，灶台是現成的，城裡的災民聞到了粥香，立即湧過來，今日有些異常，所有人都沉默著，排起了長龍。

大都督府這兒，沈傲早已打道回欽差行轅，只留下了梁建。梁建這代職都督實在有些心不在焉，心裡琢磨著什麼時候朝廷敕命來鎖拿平西王，自己也就到頭了，最好的結果是滾回去做自己的都司，若是不走運，說不準就要和平西王一道解送入京。

眼下平西王擺明了是要他在前頭開路，去收拾那些奸商，可是不聽話，平西王轉過頭來，說不定就把自己收拾了。現在若是按平西王的吩咐去做，到時候平西王完了，鄭國公八成是要和自己算一筆賬的。

左右爲難之後，最後橫了心，眼下既然已經被人拉下了水，還有什麼好想的？只有天可憐見，上天保佑平西王萬古長青……

這十二個時辰，是從卯時算起的，現在是午時，距離最後通牒還有十個時辰，等用過了正午的糕點去坐堂的時候，便有個校尉過來道：「殿下下了一個條子來，請梁都督看看。」

說是下條子，其實就是下聖旨，梁建哪裡敢不聽？立即接過，臉色又是一變，不禁問那校尉道：「平西王這是要做什麼？」

校尉呵呵一笑，道：「殿下說了，關門打狗！」

梁建搖搖頭，不禁道：「天下的狗是殺不絕的，殿下何必如此認真？」

對於沈傲，梁建其實是有些佩服的，這家伙既不爲榮華，又不爲財帛，一心要和奸商們周旋到底，連身家性命都不顧，只爲了救活十數萬百姓。這樣的人太少，腦子一根筋，傻乎乎的。

梁建不禁又想，平西王看上去挺機靈的，怎麼遇到這種事就這般的不聽明？哎……老夫還是顧好自己吧，他要做聖人，我梁建只能做他的幫凶了。

梁建越想越離譜，突然收回神來，又是懊惱，年紀大了，做什麼事都是想東想西，這可不好，還是先把平西王吩咐的事立即辦了。於是立即叫人擂鼓。

過不多時，各營的將佐便來了，分列兩班，一起朝梁建行了個禮。大家看梁建的眼神沒有羨慕，就是關係走得再近的人也沒有向他道賀，反而覺得這位梁都司混了這麼多年都風平浪靜，幾十年來沒死在沙場上，今日只怕要折在這事上了，於是反多了幾分同情，對梁建更加恭敬了幾分。

梁建也看出大家的心思，便板起臉，正色道：「今日本代職都督請諸位來，便是要傳達命令，從即日起，各營邊軍不許再懶散了，平西王……」

他立即改口，因自己露餡兒而顯得有些尷尬，乾咳一聲，繼續道：「本督的意思是，如今太原城是多事之秋，太原五門，從即日起全部封閉，許進不許出，張超、劉志，你二人分兵去把守住五門，若有人要出城，立即鎖拿起來，聽候都督府處置。」

「遵命！」對這代職總督，大家還是很給面子的，居然一點疑問都沒有，頗有些人之將死，總要順著他的心的意思。

梁建繼續道：「鄧成、王弼二人，立即帶兵巡視各處街道，但凡有人挑撥滋事的，立即彈壓，不得有違。」

「遵命！」

梁建這時反倒尋到了一點高高在上的快意，繼續道：「其餘各營，在營中隨時待命，都督府隨時會有手令下達。」

「遵命！」

梁建吁了口氣，這都督倒做得還算順利，心思又不禁落在沈傲的條子上，心想，平西王不會又要殺人吧？我的天，這是不是借老夫的刀？老夫算是主謀還是脅從？

傍晚的時候，欽差行轅點起了燈，許多人從這裡進出，偶爾傳出狗吠，童虎帶著一隊人各處巡檢，有了上一次的前車之鑒，警戒又不禁提升了許多。

再往裡走，便是一處小廳。天氣冷，各大宅院會客、署理事務都在小廳裡進行，除非是極鄭重的場合，才會在空盪的大廳裡。沈傲也不例外，他親手書寫了一份奏疏，叫人連夜趕赴京畿。

奏疏裡自然是自辯的，殺太原大都督，這件事實在太大，聳人聽聞。沈傲混跡了這麼多年，哪裡會不知道其中的利害？只要消息傳到汴京，立即就會掀起一陣軒然大波，其影響不在地崩之下。

所以沈傲在太原的時間已經不多，朝廷的敕使早晚要來，沈傲這幾日也沒有閒情看書，眼看距離期限已經過去了七個時辰，再過五個時辰，過了這一夜之後，若是糧商們再不交糧，他只有選擇用粗暴的手段了。

幾十份奏報傳到了沈傲的公案上，糧商那邊一點動靜都沒有，沈傲不禁寒了臉，心

知他們已經達成了默契，要和自家硬碰到底了。

連夜，代職大都督梁建打馬來到行轅，掌燈求見。沈傲請梁建坐下，要叫人去斟茶，梁建顯得心事重重，道：「殿下，還是拿酒來吧。」

這梁建不知是怎麼了，今天夜裡倒是頗有些膽大，之前還唯唯諾諾的，這時倒是要討酒喝了。沈傲哂然一笑，道：「好，就喝酒。」

叫人上了酒菜，暖了壺酒來，飲盡了一杯，梁建才道：「殿下，末將幸不辱命，五處城門已經緊閉，各處糧舖也叫人盯梢，就等殿下一聲令下，只要那糧商不交出糧來……」他喝了杯酒，臉上就紅彤彤的，壯了膽，厲聲道：「便可抄沒各家糧舖。」

沈傲呵呵笑道：「辛苦梁都督了。」

梁建接著悶頭喝酒。

沈傲嘆了口氣道：「本王連累了梁都督，這杯酒，權當本王敬你。」說罷，端起酒盞朝梁建碰去。

梁建吁了口氣道：「事情到了如今這個地步，末將還能說什麼？這脅從之罪既然逃不脫，索性跟著殿下做出一番驚天動地的事。」

二人碰杯一飲而盡。

「梁都督放心，朝廷就算鎖拿了本王，本王也要力保梁都督，因爲有些事，還要梁都督來做。」

梁建不禁道：「請殿下示下。」

沈傲叫人去取了一本簿子，放在桌几上，道：「這是賬本，爲安頓災民，分耕牛、衣物、建造新屋，每一筆都很清楚，大致耗銀八千一百萬貫，這些錢，本王到時候會知會人送來，若是本王一旦有什麼不測，梁都督可以爲本王將這好人做到底嗎？」

梁建不禁動容道：「梁某早聞殿下大名，都說殿下重財輕義，今日見了，才知道原來都是謠言。」

沈傲苦笑，這時連他自己都不知道自己算是好人還是壞人了。

二人一邊吃酒，一邊閒談，一直到了三更天，卻都沒有睡意。

等到了五更天的時候，一個校尉匆匆來報，道：「殿下，時候差不多了。」

沈傲放下酒杯，走出去看了看天色，淡淡道：「各家米鋪可有動靜？」

校尉搖頭道：「沒有。」

沈傲冷笑道：「他們這是不見棺材不掉淚了，本王給了他們機會，他們當本王不敢動他們嗎？」沈傲佇立在這薄霧重重的拂曉，晨風一吹，看不到任何的倦意。

梁建從廳中出來，站在沈傲背後。沈傲漫不經心地道：「梁都督，該召糧商來覆命了。」

梁建點點頭，立即下令，沈傲和梁建則打馬到大都督府，擂鼓升帳。

梁建正準備坐上首，沈傲卻拍了拍他的肩道：「今日本王親自來。」說罷，坐上首位，梁建陪坐下首。

兩班校尉、將佐紛紛到齊，衆人行過了禮，默不作聲地站到一側。

之後，糧商們才姍姍來遲。

沈傲鐵青著臉道：「鄭記米舖爲何沒有人來？」

衆糧商都是抿著嘴，並不回答。

沈傲厲聲道：「本王再問一遍，鄭記米舖爲何沒人過來？」

那糧商黃亭道：「米舖的掌櫃許冰臥病在家，至於鄭國公，他老人家昨日染上了風寒。」

沈傲森然冷笑道：「原來是這樣？他們來不來都沒什麼相干，本王先問你們，這糧，你們是交還是不交？」

下頭的糧商都不吱聲。

沈傲繼續道：「交出糧來，可救活十數萬百姓，朝廷也不會令你們吃虧，便是小賺一筆也是足夠，一百文一斗的價值，也不會讓你們白跑一趟。」

糧商們仍舊不吭聲。

沈傲自顧自地笑起來道：「這般大的功德，就沒人肯點頭嗎？」

他顯得語重心長，苦口婆心地道：「你們的身後有鄭國公，有李邦彥，所以才這樣肆無忌憚是不是？鄭國公是外戚，李浪子是首輔，有他們給你們捂著蓋著，便是有人彈劾，天高皇帝遠，宮中不能明察秋毫，你們便心存僥倖是不是？」

沈傲哂然一笑，繼續道：「昧著心賺錢，諸位捫心問一問，良心能安嗎？」

糧商們像是打定了主意，就是不說話。

沈傲吁了口氣，道：「本王也不和你們說什麼大道理，只是告訴你們，不要心存僥倖。」他突然站起來，糧商們這才現出愕然之色，不知道這平西王到底又要做什麼。

沈傲臉色肅然，突然變得無比的莊重：「本王也不是什麼好人，貪墨的錢財何止百萬？爲洩私憤，可以栽贓陷害，可以巧言令色。投機取巧，本王也不是沒有做過……」他笑了笑，繼續道：「可是本王卻知道，如今有十幾萬人在挨餓，本王讀過書，知道一個道理，人有所爲有所不爲，有所爲之事，便是拚了性命也要去做；有所不爲之事，便是掉了腦袋也決不能去碰。本王今日要做的事，便是要拚了性命的！」

他不再說什麼，摘下了頭頂上的進賢冠，脫了玉帶、魚袋，整個人只穿著一件內襯的圓領短襖，下身是一條藏青馬褲，這大堂雖有炭盆，可是地方空曠，堂門大張，冷風灌進來，渾身都不禁冰冷起來。

在這大都督府門前脫衣服……所有人的臉色都不禁變了，看向沈傲，沈傲將玉帶、梁冠放在公案上，正色道：「這是天子所賜，是榮華顯貴，可是今日，本王寧願捨了這些東西，也要做成這件事！」

這句話一說出來，讓所有人不禁肅然，沈傲這般做，誰不明白這個心思？沈愣子這是要同歸於盡了，交出糧來還好，不交糧，就是大家一起死！

糧商們這時也不禁心中瑟瑟，歷朝歷代，最怕的就是不要命的，更何況要和他們拼命的是平西王。

沈傲一雙虎目瞪住糧商，道：「這糧，你們是交還是不交？」

那糧商黃亭哭喪著臉道：「並非不肯交，實在是糧食已經兜售空了。」

其他糧商也紛紛道：「是，是，都兜售空了，請殿下明察。」

沈傲一開始還是好言相勸，便是在這堂上脫衣，也並沒有露出為難的意思，可是聽到糧商們說糧食已經兜售空了這句話，臉色霎時驟變，一雙眼眸滿是殺機地道：

「這麼說，你們是一定不交了？」

糧商們紛紛跪下道：「並非不交，實在是無糧可交。」

沈傲冷哼一聲，臉色森然道：「既然如此，也只好玉石俱焚了，來人！」

下頭的邊將紛紛站起來道：「末將聽令！」

沈傲惡狠狠地道：「一間間米鋪給我查抄，只要查出一粒米，也是他們欺負本王，立即拉下去砍了！」

「遵命！」邊將和糧商們關係再好，也知道定要公事公辦不可，若是放水懈怠，說不準這不要命的平西王砍的就是他們的腦袋了；於是各自應命，召集軍卒打馬朝各家米鋪而去。

「咚咚……」

邊軍們到了一家米鋪，狠狠地將門砸開，接著潮水一般地湧進去，肆意搜查，店中的夥計和掌櫃什麼都不敢說，只側立一旁由邊軍監視著，米鋪的貨棧就在後院，邊軍們砸開了門，發現裡頭果然是空空如也，連一粒米都沒有剩下。

帶隊的將佐這時急紅了眼，眼下這個局面，總要有人讓步，眼看平西王是鐵了心，只好把希望寄託在糧商身上。可是當看到這空空如也的貨棧，立即便明白這些糧商也是抱著破釜沉舟的態度了。到時候真要衝突，他們這些邊將遲早也要跟著倒楣，抄不到糧，回去不好覆命，這姓沈的又是鐵了心要從糧商們身上榨出糧來，最後會是什麼樣子，誰都不敢想像了。

貨棧裡沒有，自然是將這些掌櫃、夥計鎖拿了來問，掌櫃信誓旦旦，只說糧食已經賣完了，一些心腹的夥計也是一口咬定了沒有。至於其他的夥計，問也問不出來什麼。

足足折騰了一個上午，卻是徒勞無功，十幾個將佐又回到都督府去。

都督府裡，沈傲已經換上了一件圓領開襟的儒衫，闔目坐在這裡等候消息。

「殿下……」眾人一起進了正堂，行了禮。

沈傲抬了抬眼，彷彿早有預料一樣，笑道：「查抄出什麼？」

一個將虞候道：「劉記米鋪空空如也。」

其他人也紛紛道：「黃家米鋪亦是不見顆粒。」

沈傲吁了口氣，藏糧早已在他的預料之中。他沉默了一下，看向那糧商黃亭，道：「糧食都藏在哪裡？」

黃亭道：「殿下，真的沒糧，殿下也查抄過了，小人豈敢隱瞞？還請殿下明察。」

沈傲頷首點頭，道：「本王再問你一遍，糧食藏在哪裡？」

黃亭不得不硬著頭皮道：「真的賣完了。」

沈傲嘆了口氣道：「本王昨夜做了一個夢，夢見本王殺人太多，有人來索命，於是本王便說，自此之後一定要放下屠刀，再不殺人。所以……」他吐了口氣道：「所以你們最好還是識相一些的好。」

這句話威脅意味十足，黃亭的額頭上落下豆大的汗珠來，咬了咬牙道：「當真無糧。」

沈傲冷冷一笑道：「來人，拖出去斬了！」

圖窮匕見，該說的話已經說盡，沈傲也絕不客氣。

兩個校尉應命，衝上去反剪住黃亭的雙手。黃亭大急，高叫道：「黃某不服，黃某無糧，又何罪之有？鄭家米鋪倒是有糧，殿下爲何不去取，反而爲難黃某？」

沈傲突然伸出手，道：「且慢！」

校尉停止了拖拉，沈傲的身子向前一傾，手肘壓在桌案上，道：「你方才說，鄭家有糧？」

黃亭一時情急，便將鄭國公擺出來，沈傲有本事，就去動鄭國公試試看，若是不敢動鄭國公，反而拿自己這小魚小蝦動刀，又怎能讓人心服？

可是此時才想起攀咬到鄭家頭上，自己哪裡還有好果子吃？只好道：「具體情形如何，小人也不知道，只是鄭國公乃是城中大戶，殿下何不自己去問？」

沈傲冷笑道：「好，本王就讓你心服口服，來人，傳鄭國公。」

立即有個校尉前去叫人。

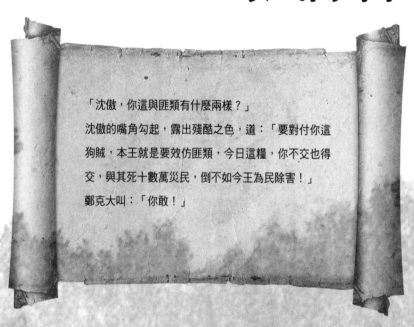

第一二六章 為民除害

「沈傲，你這與匪類有什麼兩樣？」

沈傲的嘴角勾起，露出殘酷之色，道：「要對付你這狗賊，本王就是要效仿匪類，今日這糧，你不交也得交，與其死十數萬災民，倒不如今王為民除害！」

鄭克大叫：「你敢！」

鄭家別院那兒，鄭克早就已經起床了，他哪裡染了什麼病？無非是不願去和沈傲糾纏而已，這時聽外頭有人來請，便冷笑道：

「告訴平西王，老夫不去；平西王有事，可自己前來拜謁。」

這句話已經十分不客氣，沈傲失去了耐心，他鄭克又豈有耐心和沈傲廝磨？既然已經勢同水火，自然不必給那平西王什麼面子。

消息傳回大都督府，沈傲聽了鄭國公的話，不禁笑道：「既然如此，鄭國公不肯來，本王只好親自出馬了。」他面若寒霜地道：「來人！調動兵馬，將鄭家別院給本王圍死了，本王這就動身，去和鄭國公商議大事。」

這一次，校尉、邊軍足足上萬人傾巢出動，突然出現在街道上，三步一崗、五步一哨，這鄭府的別院，更是水泄不通，到處都是軍卒，幾十個校尉按著刀直接往鄭家的中門闖。裡頭的僕役攔住，高聲道：「是什麼人這麼大的膽子？可知這家的主人是誰嗎？」

帶隊的校尉隊官瞥了他們一眼，蔑視地道：「鄭克可住在這裡？」

僕役們道：「鄭國公就在這裡，誰敢放肆？」

隊官二話不說，抽出刀來道：「誰敢阻攔，殺無赦！」

接著身後的校尉便衝進去，佈置防務，這些僕役開始還想狐假虎威，可是見來人動刀動槍，立即不敢吱聲了，皆是退到了一邊去。

有人趕忙前去後宅向鄭克通報：「老爺，老爺，不好了……」

鄭克正心煩意亂，聽到這聲音，忍耐也到了極限，狠狠地甩了這小廝一巴掌，道：「叫什麼叫！有天大的事也和你沒干係。」

小廝連忙認錯，鄭克問：「到底又出了什麼事？」

小廝道：「有官兵衝進府裡了，看這模樣，應當是欽差行轅來的。」

鄭克臉色更是鐵青，怒道：「姓沈的欺人太甚！全部趕出去，這裡也是他們撒野的地方嗎？」

這小廝卻是唯唯諾諾地道：「老爺……他們手裡有刀槍。」

鄭克不禁瞠目結舌，想說什麼，還是忍住，最終閉上了嘴。

外頭傳出動靜，有人高聲唱喏：「欽差、平西王殿下到。」

鄭克並不去迎接，反而道：「老夫不見他。」說罷，拂袖往後宅去。

這小廝心裡叫苦，心裡說，人家都來了，哪裡容得了老爺見不見？便大著膽子到中門，看到前方又是一隊校尉開路，沈傲穿著儒衫被簇擁在正中，左右都是將佐，身後跟著許多糧商。

沈傲閒庭散步一般進了鄭府，不禁道：「好端端的來見鄭國公，你們也真是，怎麼

還未通報就闖了進來？鄭國公要不高興的。」

開路的童虎過來道：「殿下，是末將拿的主張，還望殿下恕罪。」

沈傲搖頭道：「罷了，既來之則安之，鄭國公海量，想必不會見怪，都站到一邊去，待本王去廳裡，再叫人去請鄭國公出來。」

他居然將這裡當成了自己的家一樣，一點也不客氣，大剌剌地帶著一大群人到了正廳，毫不猶豫地坐上首位，太原都督府以下的將佐見他如此，也都在兩邊肅立，糧商們卻是你看看我，我瞧瞧你，感覺有些不太對頭。

沈傲在首位上大叫：「爲何無人給本王斟茶，這就是鄭家的待客之道嗎？」

幾個校尉便押著府裡幾個下人去燒茶，又端來幾盤糕點，沈傲吃了幾口，不禁道：「這糕點的味道好極了，可惜外頭的災民食不果腹，本王卻這般奢靡，實在叫人唏噓。」

言罷，沈傲又道：「鄭國公爲何還不來？」

一個校尉在外頭道：「殿下，鄭國公說身體有恙，不願見客。」

沈傲將一塊糕點塞入口中，不禁沉眉怒道：「怎麼不早說？原來國公當真病了？來人，去聘請最好的大夫來給國公診視，他得的是什麼病？」

校尉不知道，只好搖頭。

沈傲道：「那就先請大夫去看。」說罷對廳中諸人道：「大家不必客氣，本王去後宅看看鄭國公。」

帶著十幾個如狼似虎的校尉直接進了後宅，後宅裡並沒有女眷，可是裡頭的人還是嚇了一跳。

沈傲抓了一個人出來問道：「鄭國公在哪裡？」

被抓的人嚇得哆嗦，期期艾艾地道：「殿……下……」

沈傲露出人畜無害的表情，笑呵呵地道：「你不必害怕，好好的說。」

這小廝才引著沈傲到了一處臥房，沈傲毫不猶豫地一腳將門踹開，直衝進去，口裡道：「國公有恙，本王聽了憂心如焚，莽撞進來探視，國公勿怪。」

往裡頭一瞧，卻看到鄭國公正坐在小廳裡吃茶，手裡還捧著一本書。

沈傲帶人來得太急，下人連通報的時間都沒有，鄭國公陡然看到門被踹開，一時驚愕，抬起眼來，看到竟是沈傲。他又氣又急，想不到沈傲膽子大到這個地步，臉色不禁大變，想要說話，一時卻不知該說什麼。

誰知沈傲已經衝到他的身前，朗聲道：「國公病了，居然還能喝茶看書？勤奮如斯，令人汗顏，來，來，快讓國公躺下養病。」

幾個校尉不知該如何讓鄭克躺下，都看著沈傲。

沈傲便道：「還愣著做什麼？拆下一個門板來，請國公躺下，送到前庭去議事。」

這些彪形漢子二話不說，便直接動手將門板拆下來。鄭家的人當真捨得，門板居然用的都是高級檀木，上頭還雕著蘭花，可是在校尉看來，和燒火的柴火並沒什麼不同，幾個人合力一掰，拆下門來，又有幾個要過來攙扶鄭克。

鄭克已經氣得說不出話來，一雙眼睛怨毒地盯著沈傲，道：「平西王未免也太莽撞了吧？」

沈傲立即正色道：「國事緊急，容不得鄭國公拖延。」

鄭克拂袖冷哼，只好道：「好，老夫就和你去議事。」說罷，當先走出去。沈傲尾隨在後。

校尉們都擠眉弄眼，一個校尉道：「殿下，這門板怎麼辦？」

沈傲道：「天寒地凍，百姓們連取暖的柴火都沒有，別浪費了，搬出去，分給人取火生暖吧。」

校尉們不禁臉上抽搐，心裡想，這可是高級檀木啊……

等鄭克出現在廳裡的時候，廳中所有人都沒有說話，今日這事，只怕就要見分曉了，大家相互使了個眼色，便能知悉各自的心意。

沈傲隨後而來，道：「來人，給鄭國公賜坐。」

這裡明明是鄭克的家，如今沈傲理直氣壯地喧賓奪主，倒是做起了這裡的主人。

有人搬了個凳子過來，鄭克隱忍著不發作，大剌剌地坐下，沈傲自顧坐到上首，打量了裡頭的人一眼，整個太原城的重要人物如今一個都沒落下，都擠在這廳中。

他先微微含笑道：「鄭國公抱病與本王商議國事，本王甚是感動，只是不知道本王說的那件事，鄭國公想好了嗎？」

鄭克端坐不動，捋鬚道：「不知殿下說的到底是哪件事？」

沈傲見他明知故問，也不生氣，便又說了一遍，道：「本王以十二個時辰爲限，如今已經過了十四個時辰，鄭國公無論如何也該給個交代了。」

沈傲咄咄逼人地盯著鄭克，鄭克這時反倒淡然了，平西王這般心急火燎的樣子，想必已經方寸大亂，如今這主動權還不是掌握在他鄭克手裡？

鄭克淡淡一笑，道：「殿下的心思，老夫明白，只是奈何老夫無糧，殿下這不是強人所難？」

沈傲冷冷地看著他道：「鄭家無糧？」

鄭克頷首道：「果真無糧，若是不信，殿下儘管到米舖裡查抄就是。」

鄭克倒是坦然得很，其實鄭家囤積的糧食最多，地窖根本容不下，所以並沒有將糧

食存放在地窖中。鄭克這般說，反而讓人對查抄鄭家貨棧提不起什麼興趣。

沈傲拍案道：「本王問的是，你既然無糧，那麼前幾日售賣的是什麼？你身爲國公，欺矇本王，該當何罪？」

鄭克爭鋒相對道：「老夫既是國公，殿下又有什麼名目向老夫索要糧食？哪一條國法寫著老夫一定要交糧出來？」

「天道！」沈傲大喝一聲，整個人站起來，道：「天理循環，人心所向，攸關十幾萬人的性命，本王就是向你要糧！」

鄭克一時語塞，冷哼一聲不說話。

沈傲朗聲道：「來人！」

將們轟然應諾。

沈傲拂袖道：「帶人去，再查抄一次各家米鋪，這一次不是找糧食，是去找銀子，還有各家的當舖，也都給本王抄了，所有的贓物，悉數呈到本王這裡來！」

鄭克等人俱都變色，糧食他們藏了起來沒錯，可是這兩個月的盈利和當舖中低價兌換來的古玩字畫卻都擺在明面上，沈傲若是查抄了，這兩個月豈不是白忙活了一場？誰也不曾想沈傲會捨棄糧食而注意這些東西，因此各家只顧著搬糧，卻沒注意到這些緊要的東西。

鄭克霍然站起身來，厲聲道：「沈傲，你敢！」
方才是鄭克占著主動，這時卻是沈傲占了先機，沈傲淡淡笑道：「有何不敢？」
鄭克厲聲道：「你可知道老夫是誰？」
這兩個平時貴不可言的人，如今卻像街上的潑皮爭吵一般，一個比一個嗓門更大，看得廳中的人都不禁心裡發虛。
倒是一旁的梁建陡然膽子一大，心想，如今到了這個地步，老夫既然做了代職都督，索性在其位謀其政，於是放聲道：
「當今國丈，襲鄭國公，家中有一子為昌邑侯，門下走狗遍佈江北，連當朝門下令李邦彥都為之馬首是瞻，鄭國公是誰？天下誰人不知？只是國公囤貨居奇，知法犯法，如今在這大都督府又是這般咆哮，到底想要做什麼？鄭國公，本督今日有好言相勸，凡事留一線，大家各有餘地，如今你們鄭家這兩個月已吃飽賺足，何不給這城中百姓一條生路，也讓平西王與本督應付敕命？大家各自相安，豈不是好得很？否則真要鬧將起來，本督自然大禍臨頭，鄭國公也未必能有好果子吃。今日平西王殿下將袍服也脫了下來，便是打定了玉石俱焚的主意，鄭國公是清貴之人，又何必要做這等殺敵一千自損八百的蠢事？」
鄭克瞥了梁建一眼，道：「代職都督？可有朝廷敕命？」

沈傲冷笑道：「朝廷法令，主官若不能署政，則由副職代任，不需朝廷敕命。」

鄭克冷笑道：「那麼老夫要問，這主官因何不能署政？」他毫不客氣地自問自答道：「是因爲有人心懷不軌，弒殺主官，這殺人的禍首就在白虎廳裡，還有什麼顏面談什麼知法犯法？」

沈傲冷笑道：「本王的耐心已經到極限了，國公當真不肯交糧？」

鄭克撇撇嘴道：「無糧！」

沈傲拍案道：「好，那本王今日不妨再知法犯法一回！來人，將鄭國公拿下！」

沈傲這時已經沒有了任何顧忌，下令道：「殺！」

「遵命！」

這時候，邊將們再不敢應諾，都裝作什麼都沒有聽到，可是兩班的校尉一齊抱起拳，毫不猶豫地圍上去。

鄭克只當沈傲是在逼迫自己就範，大剌剌地道：「當朝國丈，未先請旨，誰敢動手？」

校尉已經撲過來，二話不說，一下子將他打倒，廳中立時混亂起來，糧商們紛紛驚恐大叫，道：「殺國丈就是造反。」

邊將們也坐不住了，一齊站起來道：「請殿下息怒，有什麼事好商量。」

鄭克被人打翻在地，此時氣到了極點，卻不禁哈哈大笑道：「好，沈傲，你若當真是個男人，便來殺老夫看看，都放開……」

他掙扎著站起來，凜然佇立在廳中央，不屑地看著沈傲，語氣之中甚是輕蔑。

沈傲離座，一步步走過去，道：「你再說一遍？」

沈傲的目光帶著一種瘋狂，從穿越到現在，這是他第二次動了真怒，第一次是文仙芝，第二次是鄭克。

鄭克看到沈傲眼中的滔天怒意，也感受到了這股磅礡的殺機，有心想退讓一步，剛要開口，便見沈傲又一步逼近，森然地再一次道：「你再說一遍！」

這樣的咄咄逼人，讓鄭克也是大怒起來，從來沒有誰敢這樣對他說話，更何況今日當著這麼多人的面？他凜然一笑道：「殿下要老夫說，老夫就不得不說了，殿下若是個男人，便來殺老夫看看！」

鏘……尚方寶劍準備抽離出劍鞘，周圍的人都搶上來道：「殿下不可……」

便是那童虎和梁建二人，也都上前來勸解，這個道：「殿下息怒。」那個道：「從容再議，總有辦法。」

糧商們這時都嚇得不敢說什麼，既不勸和，也不鼓噪。

那鄭克見沈傲被人勸住，反倒臉色更冷了幾分，道：「殿下還要老夫說嗎？」

沈傲的目光越過許多人看著他，聽到他的話，手中的長劍已經離鞘。

沈愣子的尙方寶劍一出，這些勸解的人第一個反應就是快逃，這傢伙一向翻臉不認人，誰知道怒火攻心到了極點，會不會不小心也斬了自己的腦袋?方才這些邊將和梁建等人還勸得火熱，此時一下子無影無蹤，再一看，全部退到了一丈開外。

沈傲距離鄭克不過一丈的距離，此時一丈之內，任何阻隔都沒有，鄭克對這陡然出現的劇變不禁嚇了一跳，可是自己退一步就是示弱服軟，在萬眾矚目之下，只好硬著頭皮不發一言，站立不動。

沈傲一步步走近，二人相距只有半丈，沈傲冷冷道：「國公若是有膽，就再說一遍！」

鄭克倒吸了口涼氣，抿著嘴，並不說話。

沈傲又往前一步，二人的距離只有咫尺，沈傲一手握劍，劍尖已經抵住了鄭克的胸膛，冷冷地看著鄭克：「你當本王不敢殺你？」

鄭克胸口起伏不定，這時候他已經有些怕了。

沈傲繼續道：「糧到底是交還是不交？」

鄭克不知哪裡來的勇氣，正色道：「沈傲，你這與匪類有什麼兩樣？」

沈傲的嘴角勾起，露出殘酷之色，道：「要對付你這狗賊，本王就是要效仿匪類，今日這糧，你不交也得交，與其死十數萬災民，倒不如今日本王爲民除害！」

鄭克大叫：「你敢！」

這本是鄭克的自然反應，根本不及思索，就將這兩個字脫口而出。誰知這時候，沈傲的長劍已經向前一送，扎入了鄭克胸膛的肉裡，嗤……劍尖入骨，傳出輕微的怪響，鄭克雙手捂住胸，這才詫異地發現，自己的手上已經浸滿了猩紅的血。

「你……你……你可知道……」鄭克的臉色變得無比的沮喪和不甘，不可思議地看著沈傲，接著又道：「好……好……我鄭克便在陰曹地府中恭候你的大駕。」

沈傲一腳將他踢翻，鄭克呃啊一聲，血箭飆出，整個人仰翻在地。殷紅的血從他的身軀中流淌出來，整個白虎廳傳出一陣陣腥臭。

沈傲收劍，很是寂寞地道：「莫說是人，就是本王做了鬼，一樣在陰曹地府中斬你十次百次。」

他聳聳肩，長劍回鞘，對所有目瞪口呆的人道：「不殺他就不是男人，不是男人，本王這駙馬都尉豈不是要大失天下顏面？所以，只好委屈了鄭國公。」

「殿下……」梁建苦笑著去看鄭克的屍首，不禁道：「殿下可知道，今日殺了他，殿下的性命……」

沈傲朗聲道：「今日要顧忌的是太原城中十幾萬人的性命，本王的命，閻王收不

走，也不敢收。閒話少說，都給本王各回原位，本王有話要說。」

他的臉上並沒有表現出太多的殺氣，可是這時候，他的話卻比聖旨更加有效，頃刻之間，所有人都各歸原位，一雙雙眼睛敬畏地看向沈傲。

沈傲坐回原位，整個白虎廳頓時肅然，糧商們看著躺在血泊中的鄭克，一時嚇得身如篩糠，瑟瑟作抖，這時候，所有人才發現這姓沈的竟是玩真格的，早已做了同歸於盡的打算。

這世上最可怕的人不是天子，天子尚可以欺瞞糊弄；也不是女真鐵騎，女真鐵騎至少還有弱點，可以奉送財物加以賄賂，投其所好。最怕的就是沈傲這種捨得一身剮，也要和你同歸於盡，任何威脅利誘都講不通的人。

這樣的人算是一愣到底，偏偏卻最是胡攪蠻纏，威脅不了，利誘不住，撞見了只能捏著鼻子繞道，實在繞不過，也唯有低聲下氣了。更何況這個人是平西王，如今在太原翻雲覆雨，手握軍政，這一刻和你嘻嘻笑，下一刻就要你全家的性命。

沈傲只是含笑端坐，在糧商們看來，卻宛若置身於閻王殿上，最後一點勇氣也都喪失殆盡。

那黃亭反應得最快，噗通一聲跪倒，大呼道：「殿下饒命，小人該死……」

這時他已經明白了自己的處境，原本還有個鄭國公可以依仗，以爲可以和這姓沈的硬拼一下，誰知鄭國公在這姓沈的眼裡，也不過是如豬如狗一般，說殺就殺。自己便是有一百條命，也不夠他殺的。到了這個份上再不醒悟，就當真是見了棺材也不落淚了。於是狠狠地揚起手，摑著自己的臉，將自己打得劈啪作響，哭喪著乾嚎道：

「小人一己之私，幾乎耽誤了殿下的大事，便是千刀萬剮，也百死莫贖，請殿下看小人迷途知返，上有父母，下有妻兒的份上，饒了小人。」

其餘的糧商已經渾身冰涼透頂，有黃亭做榜樣，也都心驚膽寒，一個個跪地求饒，紛紛道：「贖罪！」

沈傲只是冷冷地掃了他們一眼，淡淡地道：「糧食在哪裡？」

沈傲開門見山，問得十分簡潔。

黃亭道：「小人地窖之中藏有糧食一萬九千擔，請殿下笑納。」

其餘人紛紛報出數目，一絲一毫都不敢隱瞞。

坐在兩側的邊將，這時候也已經麻木了，腦子還未反應過來，不知在想些什麼，只是覺得心肝兒不斷顫抖，至今還在回想著剛才的那一幕。

沈傲掃視這廳中一眼，道：「來人，陪這些人去取糧，童虎，你帶一隊人去，抄了鄭記的商鋪、別院，阻攔的，殺無赦！」

眾人轟然應諾，一點猶豫也沒有，隨即各自領命散去。

沈傲顯得有些疲倦，校尉給他換了一盞新茶，他舉起來喝了一口，沈傲也不知自己是不是後悔，不禁失笑，卻是心亂如麻。

那梁建在旁苦笑道：「殿下……」

沈傲擺擺手道：「你不必說什麼，本王做的事從來不後悔，本王乏了，要歇息，其餘的事都拜託梁都督了。」

梁建重重點頭。

足足用了三天時間，三天時間裡，太原城中搜出糧食十萬擔，各處的粥棚已經改設爲飯棚，官倉中的糧食堆積如山，囤積起來可以居奇，可是放出去就不值什麼錢了，因此也不怕靡費，敞開了放，尤其是這大冷天裡，人只有填飽了肚子才能禦寒，才能更堅強地活下去。

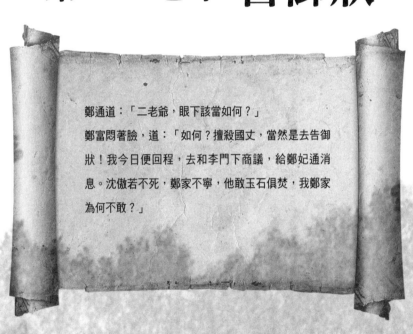

第一二七章 告御狀

鄭通道：「二老爺，眼下該當如何？」

鄭富悶著臉，道：「如何？擅殺國丈，當然是去告御狀！我今日便回程，去和李門下商議，給鄭妃通消息。沈傲若不死，鄭家不寧，他敢玉石俱焚，我鄭家為何不敢？」

鄭家別院裡早已亂作了一團，幾個主事恍然無措，一面快馬向汴京報信，一面偃旗息鼓，鄭克乃是鄭家的頂梁柱，他一死，整個鄭家已經元氣大傷，眼下的局面只能請二老爺鄭富和鄭妃出面，無論如何也得報了仇再說。

別院裡一片狼藉，校尉們來查抄了一次，帶走了不少東西，如今已是空蕩蕩的，誰會想到這裡從前也是燈火通明？

如今還在鄭家主持事務的，只有一個鄭通。鄭通是鄭克的心腹老僕，如今鄭克死了，自然要收屍，準備扶靈回京再做安葬，太原城也要做最後的安排，爛攤子總要有人收拾，鄭通不得不承擔起這干係。

正是正午時分，有人心急火燎地飛快進了別院的一處小廳，小廳裡坐著的不是別人，正是鄭通。

等那人進來，他立即站起來，向這人道：「棺木準備好了嗎？」

這人苦笑道：「正在訂製，木料還沒有送來。」

鄭通苦笑一聲，道：「要加緊一些，耽誤了時候，到時候二老爺一定要責怪的。」

正說著，外頭便有人過來道：「二老爺到了。」

家兄亡故，鄭富趕來扶靈也是應當的，可是老爺才死了三天，消息只怕還未送到汴京，怎麼二老爺就來了？鄭通滿腹狐疑道：「趕緊迎二老爺去。」

府門前，果然停著數輛馬車，馬車裡鑽出一個人，正是鄭富，鄭富消瘦了不少，皺著眉，等鄭通過來，沙啞著聲音問：「靈柩準備妥了嗎？」

鄭通硬著頭皮道：「正在準備，二老爺旅途勞頓，先坐下來喝口茶。」

鄭富顯得心神不寧，這一趟他來，並非是收到了太原來的消息，而是心中擔憂著獨子的安危，生怕鄭克與沈傲在太原起了衝突，令沈傲情急之下動了殺機。誰知剛剛到了太原，便聽到鄭克亡故的消息，一時感到雪上加霜，差點兒在馬車上昏厥過去。他知道別院和店鋪已經被查抄了，於是先去尋將虞候朱喜。朱喜也是懷州人，以往鄭富到了太原，朱喜對他一向熱絡得很，可是今日這次去，朱喜的態度卻換了一副模樣，居然連茶都不肯給他喝一口，只三言兩語便將鄭富打發出來。

鄭富失望地回到別院，到了廳裡，將鄭通叫到跟前，鄭通便將太原發生的事原原本本地說了一遍，鄭富越聽越是不安，也越聽越憤怒，不禁將手中的茶盞摔在地上，咬牙切齒地道：

「平西王先誑了我的獨子，如今又殺了我兄長，此仇不報，誓不爲人！」

鄭通道：「二老爺，眼下該當如何？」

鄭富悶著臉，道：「如何？擅殺國丈，當然是去告御狀！我今日便回程，去和李門下商議，給鄭妃通消息。沈傲若不死，鄭家不寧，他敢玉石俱焚，我鄭家爲何不敢？」

鄭通不禁苦笑道：「二老爺何不歇一歇再走？」

鄭富搖頭道：「不能歇，也沒這個心情，我去看兄長最後一面。」

鄭富站起來，由鄭通領著到了後宅的一處院子，裡頭正停放著鄭克的屍首，鄭富過去大哭一番，失魂落魄地出來，道：「準備車駕，這就返程。」

到了別院門口，卻見有兩個校尉過來。其中一個道：「據說鄭富到了太原，哪一個是？我家平西王請鄭富去一趟。」

鄭富見了他們，本來扭身要躲，可是這校尉已經疾步進來，校尉看到了鄭富，板著臉道：「鄭老爺，我家殿下有請，車馬也已經備好了，請吧。」

鄭富見躲不過，只有冷笑一聲道：「好，我隨你們去。」

欽差行轅裡，這時突然安靜了下來，如今塵埃落定，其餘的事都由都督府處置，沈傲也就躲起閒來，朝廷早晚會知道消息，沈傲也明白，自己已成了犯官，是福不是禍，是禍躲不過，只能在這裡等候敕使了。

此時，外頭有人通報鄭富來了，沈傲挑了挑眉，道：「請他進來。」

鄭富由人領著進來，二人對視一眼，沈傲淡淡地道：「坐！」

鄭富坐下，抿著嘴，沉著臉不說話。沈傲也不和他寒暄，從袖子裡抽出一張借據來：

「你來得正好，鄭克已經死了，可是鄭家還沒有散，這筆賬總是要還的，白紙黑字，沒有錯吧？」

到了這個時候，沈傲居然還記著那一筆一億兩千萬貫的賬，也算是愣得徹底了。鄭富的眼眸中閃出怒意，冷哼一句不說話。

沈傲正色道：「鄭家莫非是想欠賬不還？」

鄭富心想，人在屋簷下，什麼事先答應下來，等回了汴京再說，便道：「鄭家從沒有賴賬的道理。」

沈傲笑了起來，道：「這就好說了，其實本王請你來，還有一件事商量。」

鄭富急於脫身，顯得有些不耐煩，卻不得不道：「殿下明示。」

沈傲道：「鄭爽那小子如今還在本王手裡，吃得飽、穿得暖，再這樣將他養下去，本王也吃不消。哎，本王平白無故給鄭老兒養兒子，如今實在是折騰不起了，本王就在想，什麼時候將鄭爽送回去。」

聽到鄭爽二字，鄭富的手不禁攥緊，顯得有些緊張，道：「殿下要放爽兒，只怕沒有這麼輕易吧。」

「聰明！」沈傲笑呵呵地站起來，道：「本王有件事，還要鄭兄出面辦一下。」

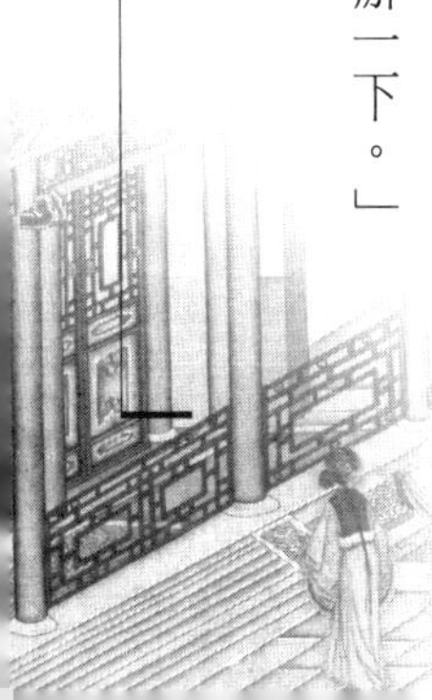

鄭富咬了咬牙道：「殿下但說無妨。」

沈傲走到鄭富跟前，俯下身在他耳邊耳語了幾句，鄭富詫異地抬眸，猶豫不定地道：「鄭某還要再想想。」

沈傲含笑道：「本王有的是耐心，什麼時候鄭兄想通了，本王絕不食言，一定將鄭公子原璧歸趙。」

太原還是白雪皚皚，汴京卻已經春暖花開了，今年汴京的春天來得早，梅花凋零、桃花盛開，便是那風兒也沒有此前那般刺骨了。

這時是永和三年的早春，這天下最富庶的王朝的國都裡，已經是熙熙攘攘，生業興旺。

三省坐落在外朝，說是屬於宮苑，其實和宮城隔著一堵宮牆，這裡是整個朝廷的中樞，天下的大事都匯總到這裡，再由門下省定奪，呈報宮中，還中書省核查，送去尚書省執行。

能進入這裡的官員，其尊榮可想而知，便是跑腿分類奏疏的書令史，其地位也絕不容小覷，雖只有小小的七品，可是這七品官卻能參與機要，甚至能影響到二品大員的榮辱。

今日的氣氛有些不同，幾個書令史臉色惶恐，急匆匆地從門下省跑出來，一炷香之後，一頂暖轎飛快地落在這門下省的外頭，從裡頭鑽出來的正是李邦彥。

李邦彥神色匆匆，一向自號浪子宰相的他，今天也沒有了浪子的灑脫，心急火燎地進了省堂，劈頭便問一個錄事：「奏疏呢？拿我看看。」

奏疏遞來，李邦彥沉眉一看，整個人瑟瑟作抖，忍不住地道：「瘋了，瘋了……」

他頹然地坐在椅上，一旁的錄事道：「大人，這麼大的事，是不是立即呈報入宮？」

李邦彥陰沉著臉道：「老夫親自去送，這事……這事太大了……鄭國公……都敢殺，平西王他……」

他說話結結巴巴，渾身上下透出徹骨的寒意。這人確實瘋了，不管怎麼說，國公完了，下一個或許就是他李邦彥。李邦彥當然不能錯失良機，要趁這個機會將沈傲徹底打垮。

李邦彥沉思片刻，心裡有了計較，便站起來，拿起奏疏，對錄事道：「本官這便入宮，若還有太原來的消息，暫時先壓下來，立即呈報本官定奪。」

說罷，李邦彥整了整朝服，飛快地出了門下省，坐進轎子，道：「萬歲山！」

一到春暖花開的時候，趙佶便會到萬歲山閒住幾日，這兩年，他的年紀有些大了，再不如從前那樣硬朗，來萬歲山的時間越來越少，所以今年凍水還沒有化開，他便已經住在這裡。

萬歲山上有一座駕鶴閣，很是幽靜，趙佶許多時候愛在這裡，看著山下的朦朧景致閒坐。

只是這兩日，他顯得有些心緒不寧，原本想讓沈傲去太原，把事情處置得當，可是誰知太原的事反而越是複雜起來，先是殺了個知府，後來又是不請旨意就殺了太原大都督。趙佶面見過文仙芝幾次，覺得此人頗有君子之風，爲人看上去也忠厚，怎麼沈傲說殺就殺？

如今朝廷已是群情激奮，不少御史請求懲處平西王，以儆效尤。趙佶卻還保持沉默，一時決斷不下。

按著他的性子，一遇到令他爲難的事時，他就會躲起來，既不理會，也不裁處，能躲一日是一日。更何況太后還曾勸說過，說是平西王殺太原大都督，定有他的道理；如今太原失了一個都督，若是再將沈傲治罪，局面只怕會越來越壞，還是先看看再說，等沈傲回京覆命再作定奪不遲。趙佶想想，覺得也頗有理，便一心一意擺駕到萬歲山，又做起了閒雲野鶴。

擺在趙佶案前的，是一幅未完成的畫，這幅畫已打上了底色，布好了局，卻沒心思開筆。趙佶拿起筆來，不知該著墨哪裡，整個人只覺得昏昏沉沉的。

「近來精神確實大不如前了。」趙佶不禁感嘆歲月蹉跎，他是個風流皇帝，興趣廣泛，如今精力不濟，便做什麼都有些索然無味，總喜歡一人呆坐著沉思。

正在胡思亂想的時候，楊戩推門進來，躡手躡腳地掩了門，笑吟吟地道：「殿下，小駿兒已經睡了。」

小駿兒便是半月之前安寧誕下的男孩。這男孩和安寧一般無二，長得很秀氣，趙佶心裡十分喜歡，覺得這孩兒將來定是個和自己一樣的書畫俊秀，便特意將他帶來萬歲山。平時由奶娘帶著，偶爾把玩一下。

這小駿兒也是乖巧，平時總喜歡皺著眉一動不動，像是沉思一樣，吃了便睡，睡了便吃，趙佶更覺得有趣，頗有些將他留在身邊照看的意思。

趙佶聽了，臉上閃露出一絲笑容，彷彿許多煩惱都拋諸腦後，便道：「醒了叫人抱來，朕要教他畫畫。」

所謂教他畫畫，無非是抱著小駿兒到身邊觀摩趙佶作畫而已。

楊戩點了點頭，道：「殿下也該小憩一下，山腰上風大，是不是把窗關了？」

趙佶搖頭道：「不必，關了窗，就像隔了人世一樣，朕不喜歡。朕小憩一下吧，半

個時辰後把朕叫醒。」他打起精神道：「這幅畫一定要作完，否則心裡不自在。」

正說著，一個小內侍快步過來，在外頭道：「殿下，門下令李邦彥求見。」

趙佶不禁苦笑道：「原想安靜才來這萬歲山，誰知還是有瑣事追了來。」

只要趙佶到了萬歲山，一般的公務都是由門下省處置，再送去中書省核實，留一份宗卷封存，就可以直接交給尚書省去辦。除非遇到萬分緊急的大事，一定要趙佶定奪，才會送到萬歲山來打擾趙佶的清靜。更何況李邦彥親自上山來，想必這事一定非同小可。

趙佶正想著，腦海中突然生出一個奇怪的念頭：不會是太原來的消息吧？這時，趙佶反而有了幾分期待，便對楊戩道：「去把李愛卿請進來。」

趙佶坐下，才喝了口茶的工夫，便看到李邦彥氣喘吁吁地過來。趙佶看著李邦彥失態的樣子，心裡有了警覺，叫人道：「來，給李愛卿斟茶，賜坐。」

李邦彥來不及坐下，便迫不及待地道：「陛下，太原出事了！」

趙佶一時臉色大變，心想，太原出事就是沈傲出事，他一個親王和欽差能出什麼事？莫非是發生了民變？現在沈傲在哪裡？是死是活？

李邦彥從袖中抽出了一分奏疏，趙佶幾乎是搶步過去將奏疏奪過來看。一看，先是鬆了口氣，卻又皺起了眉，臉上升騰起怒意。

李邦彥輕輕抬眸，觀察著趙佶的臉色，趙佶的臉上陰晴不定，甚至連拿奏疏的手也有些顫抖。突然，趙佶將奏疏狠狠地摔在几案上，怒氣沖沖地道：「好大的膽子。」

趙佶對鄭國公的印象並不好，甚至已經滋生出了幾分厭惡，可是厭惡歸厭惡，不管怎麼說，鄭國公畢竟是國丈，是宗親，如今沈傲說斬就斬，實在是聳人聽聞，歷朝歷代，也沒有人膽大妄爲到這個地步。

趙佶原先還擔心沈傲，這時卻是對他滿腹的怨氣，大喝道：

「那是堂堂國公，他哪裡來的膽子？是誰借他的生殺奪予之權？朕太縱容他了，太縱容他了，如今竟到了這個地步！」

李邦彥聽了，心知時機已到，立即跪下，正色道：「陛下，微臣有事不得不說。」

趙佶沒有說話，只是咬著唇，有點難以置信地又撿起桌几上的奏疏來，仔細看了一遍，冷哼一聲道：「這是臣子應當做的事嗎？這是朕的肱骨之臣應該做的事嗎？這是……」他一連串說了幾句這是，最後咬牙道：「朕絕不姑息，絕不姑息……」

李邦彥在地上重重叩頭，繼續道：「陛下，這是王莽、曹操做的事，周公一定不會爲之。」

李邦彥此話脫口而出，其用心可謂歹毒到了極點，若說趙佶一開始是責怪沈傲膽大包天，但這句話卻將整件事的性質引到了異心上，臣子有了異心，最後會是什麼下場？

後果不言自明。

「陛下……」

見趙佶動容，李邦彥哪裡還會錯失這個機會？更加賣力地道：

「平西王位極人臣，可是臣就是臣，身爲人臣卻擅自誅殺大臣，與王莽、曹操又有什麼區別？這般的年紀就敢做出這等事，實在是忤逆到了極點，陛下若是再姑息養奸，今日他敢殺國丈，殺知府、都督，明日……」

李邦彥想到下一個就輪到自己，不禁渾身顫抖：「陛下，不能再優柔寡斷了。」

趙佶眼眸中閃過一絲狐疑，盯著李邦彥，一動不動。

李邦彥被趙佶看得有些生寒，仍忍不住繼續道：

「陛下待沈傲恩重如山，高不可攀。又若碧波汪洋，深不可測。沈傲不思圖報，反而忤逆到這個地步，他的心中可還有皇上？臣竊以爲，大奸之人不知恩德相報，往往無形無跡，貌似忠厚，實則心中常戚戚，口舌如簧，宛若君子。陛下可曾想過，王莽也曾以忠厚賢良得名，曹操也曾是不畏強暴的門尉，只是時機未到而已。這沈傲看似有些才學，自詡天下第一才子，蒙受陛下垂幸，掌握軍機，勾結黨羽，如今更是惡跡已露，陛下，眼下還來得及，再遲，微臣只怕釀出蕭牆之禍。」

趙佶坐著，沉吟不定，這時他反而冷靜了許多，只是淡淡地看著奏疏出神。

李邦彥只當他在遲疑，終於閉上了口，等候趙佶裁處。

良久之後，趙佶突然淡淡地道：「沈傲不會反，他也不是曹操，更不是王莽！」

這句話直接了當地給沈傲定了調，李邦彥聽了，心裡不由叫苦。

其實，方才他若是不急於一時，這般數落沈傲的罪惡，將沈傲比作是曹操和王莽，或許趙佶在這個風口浪尖上還不會回護沈傲，問題的關鍵還是在他這一番不合時宜的話上。他若是將沈傲比作了曹操王莽，那趙佶豈不是成了漢成帝和漢獻帝？這兩個皇帝都是亡國之君，李邦彥這般比較，在趙佶耳中，頗有指桑罵槐之嫌。

再者，趙佶和沈傲關係莫逆，又是翁婿，在趙佶心裡，早已將沈傲當做了自己的子侄，對趙佶來說，李邦彥只是外人，而沈傲是自己人，沈傲犯了大錯，他這自家人關起門來責罵，甚至是鞭撻、處死都可以；可是李邦彥一個外臣居然如此數落，甚至險惡到將沈傲比作王莽、曹操的地步，就已經突破了趙佶的底線。

如同父母對待自己的兒女，關起門來如何打罵都可以，可是外人便是指指點點一下，都會讓父母生出厭惡，甚至嚴重的，便是拳腳相加也不一定。

李邦彥錯就錯在把沈傲當做了趙佶的臣子，若在趙佶心中，沈傲只是臣，那麼他的這番話可謂是慷慨激昂，頗能蠱惑人心，偏偏他還是想岔了。

更何況，趙佶之所以能下這個定論，還有一個外人不知的原因，若沈傲真有不臣之心，他身爲西夏攝政王，又何必站在這屋簷之下，放著好端端的劉邦不去做，卻去做曹操，與趙佶訂立密約？這無論如何也解釋不通。偏偏這李邦彥自以爲擊中了趙佶的軟肋，大肆渲染，可想而知，這樣的結果，只是等於替沈傲說了好話。

李邦彥聽了趙佶的定論，心涼了一片，自己說了這麼多，方才趙佶還是勃然大怒，眼看就要大功告成，誰知這時候，趙佶竟然話鋒一轉，瞧趙佶的口氣，居然還對沈傲頗有回護。李邦彥還不知錯誤出在哪裡，一頭霧水地磕頭在地，一句話都不敢說。

趙佶繼續道：「朕知道他，你不必再說了。」

李邦彥只好叩頭道：「微臣萬死，確實是說得嚴重了一些。」

趙佶撇撇嘴，臉色才緩和下來，在閣中踱了幾步，道：

「可是你說的話也不是沒有道理，沈傲雖然不至於有什麼不臣之心，可是今日這事實在是聳人聽聞，堂堂國公，他竟然說殺就殺？鄭國公乃是鄭妃的生父，是國丈，不請旨而殺之，他這是要做什麼？」

李邦彥這時再不敢說什麼了，只是道：「陛下說得是。」

趙佶冷冷地道：「朕是太縱容他了，一而再再而三的如此，朕如何向鄭妃交代？又如何向朝廷交代？今日不給他點苦頭吃，早晚有一日，他還要做出更駭人聽聞的事。」

聽到教訓兩個字，李邦彥略帶幾分失望，道：「殿下……殺戮國公，應當重懲才能服人。」

趙佶頷首徐徐道：「立即帶一分敕命去太原府，鎖拿沈傲回京審問，不得有誤！這件事，朕要親自署理。」

李邦彥不禁問：「殿下，誰可做這欽差？」

趙佶沉吟了片刻，道：「李愛卿以爲呢？」他看著李邦彥，眼眸中閃過一絲奇怪的光芒。

李邦彥哪裡不知道趙佶的心思？原本是想推薦一個心腹，可是隨即一想，又打消主意，方才趙佶的話令他記憶猶新，若是一個應對得不好，說不準沈傲沒有栽，自己倒是要陰溝裡翻船了。

李邦彥道：「陛下，臣以爲大理寺寺卿姜敏可以擔當此任。姜大人熟知律法，一向主掌刑名，由他去，自然再好不過。」

趙佶聽了李邦彥的話，一時詫異，眼中奇怪的光芒轉而變得溫和起來，淡淡笑道：「據說姜敏和沈傲之間有些干係，姜敏不會徇私吧？」

李邦彥正色道：「姜大人剛正不阿，不會讓陛下失望。」

趙佶來回踱步了一下，冷冷地道：「好吧，就叫他去，告訴他，朕是叫他將沈傲鎖拿回京，不是讓他伺候一個大老爺回來。若是有一分的枉法，朕第一個就要追究到他的

頭上。」

李邦彥的心沉了下去，可是實在摸不透趙佶的心思，不知趙佶想的是什麼，眼見趙佶已經首肯，這欽差只能讓姜敏去了，勉強露出一分歡欣鼓舞的神情道：「門下省這就擬旨。」

趙佶似乎餘怒未消，怒氣沖沖地又拿起奏疏，冷笑道：「這個沈傲，不知給朕添過多少麻煩，他真是越來越放肆了，太原知府、太原大都督，如今又是鄭國公……」

說著，他狠狠地將手壓在桌案上，大喝道：「朕要徹查到底，知會三省六部，朕要親自御審，三省六部四十二司協同審問，副審的名單也要擬出來，這是開國以來最聳人聽聞的大案，不可懈怠疏忽，明白了嗎？」

李邦彥更加不明白趙佶的心思了，若是趙佶當真維護沈傲，自然是將這件事的影響降到最低，把事情暫且擱下才是。可是現在爲什麼又鬧出如此大的動靜？把三省六部的官員都叫來，生怕別人不知道似的。莫非……陛下是要問過沈傲的罪，再明正典刑？

李邦彥一頭霧水，這個猜想也有點兒說不通，若是趙佶當真要處置沈傲，明正典刑，又何必要勞師動眾？直接一個欺君、弒殺國丈的罪就可定奪。

其實他並不知道，趙佶現在是有苦難言，一方面深恨沈傲在這個風口浪尖上添亂，另一方面，又不能不念及舊情。可是鄭妃那兒無論如何要給一個交代，朝臣的非議也要平息，天下的輿情更不能忽視。要平息這場軒然大波，除了將事情鬧大，趙佶實在找不到更好的辦法。至於到時沈傲是否罪證確鑿，就不是趙佶現在所考慮的事了，若真有其罪，當著天下人的面，趙佶也必須給予沈傲嚴重的懲罰，否則此例一開，天下非要亂套不可。

李邦彥想了想，見趙佶一時失神，只好道：「微臣明白，這件事應及早通知到各省、各部、各司去，好讓朝廷上下有個準備。」

趙佶微微點頭，道：「記著，沈傲押到汴京後，就立即送到大理寺去，御審之期再定奪吧。」

聽了趙佶的吩咐，李邦彥又燃起了希望，如果是御審，當著朝廷百官、整個天下的面上，只要能咬定了沈傲的罪行，趙佶便是要包庇，只怕也不可能了，殺戮大臣本就是大罪，更何況王子犯法尚且與庶民同罪，莫說是沈傲這個平西王了。到時候秉公處置，沈傲絕沒有翻身的可能。

「那麼，微臣暫且告退，先去做準備。」

趙佶吁了口氣，沉聲道：「下去吧，隨時等候傳召，朕或許還有事要吩咐。」

李邦彥剛要走，便聽到閣外頭傳出嬰兒的啼聲，不禁朝門房看過去，只見一個宮人抱著一個襁褓中的嬰兒進來，急促地道：「陛下，王子殿下醒了！醒來便哭，怎麼也止

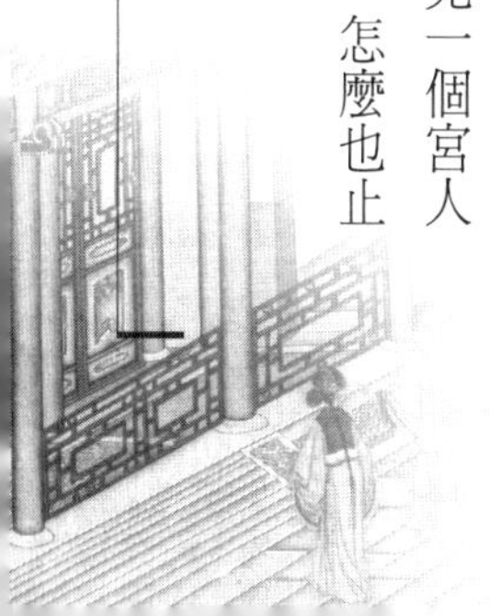

不住。」

趙佶的臉上這才露出一點笑容，快步過去搶過這襁褓中的小人兒，呵呵笑道：「他爹不聽話，連朕的小駿兒都生氣了。來，來，來，朕帶你作畫。」

趙佶抱著懷中的沈駿，逗弄了一會兒，便讓奶娘接手，又讓楊戩爲他磨墨，尋了筆來，開始落墨；從前他嘗試畫山水圖，卻都不太理想，在沈駿面前，當然要大顯身手作他的花鳥圖。

他畫了一輩子花鳥，熟稔到了極致，稍作佈局，落墨之後，便先畫出遠處高山林莽的輪廓，他不擅長以山水爲畫眼，所以山石只用來襯托，作爲底色，再用層疊畫法畫出一棵粗大的楓樹來，枯枝上停著一隻鷹，兇猛地俯瞰下方，張嘴急奔企圖竄入草叢中的雉雞。

趙佶的下筆雖不豪壯，可是這隻鷹用的卻是摻以水墨的重筆，他嚴謹結實的畫風這時表現的淋漓盡致，畫中左上角的鷹扭頭窺視，與雉雞形成斜線呼應，雉雞向畫外逃匿，驚恐慌張，又將想像延伸到了畫外。

若是這時沈傲在，只怕真正擊節叫好的不是這鷹和雉雞，而是這棵楓樹，鷹與雉雞雖好，真正的點睛之筆卻在這楓樹上，粗大的楓樹主幹與巨大岩石形成密不透風的厚度，給人一種烏雲壓城城欲摧之感，將鷹與雉雞之間奔殺的氣氛烘托到了極致。

趙佶一氣呵成，只用了半個時辰，這幅畫便已落成，等他抬起頭時，才發現一側的沈駿已經呼呼大睡了。

趙佶不禁啞然失笑，便擱筆道：「這幅畫就送給駿兒，他是朕的千里駒，也是朕的蒼鷹；這幅『蒼鷹搏雞圖』待會兒送去書畫院裝裱起來，懸掛在駿兒的臥房裡。」

一側的楊戩至今還沒有消化完方才的消息，如今陛下要鎖拿沈傲，是福是禍實在難以揣測，也不知這一次能不能度過難關，心中正鬱鬱不定，這時候聽到趙佶的話，連忙道：「是。」

趙佶道：「楊戩，方才你還勸朕切莫心事重重，怎的你倒是有了心事。」

楊戩道：「微臣在想太原的事。」

趙佶口吻肅然地道：「內宮不干政，這規矩你還記得嗎？」

楊戩聽了，嚇得臉色蒼白，立即拜倒在地，道：「老奴該死，竟是忘了規矩，請陛下恕罪。」

趙佶笑道：「起來，朕沒有怪你的意思，說起來，這雖是政務，卻也是你的家事，你和沈傲的關係畢竟不同尋常。」他哂然一笑道：「你來說說看，太原的事怎麼了？」

楊戩壯著膽子道：「陛下，沈傲的爲人，老奴最是清楚，一向謀定後動，怎麼這一次突然這般莽撞？鄭國公是什麼人？宗室外戚，又是國公，據說外朝頗具影響，富可敵

國，這樣的人，莫說是殺，就是尋常人連得罪都不敢，老奴因此以爲，這背後一定有些隱情，請陛下明察秋毫。」

趙佶頷首道：「朕也是這樣想。」

楊戩心裡說，既是如此，爲何不等沈傲回來再說，偏偏還要敕命欽差鎖拿回京？

趙佶看了他一眼，彷彿看出楊戩的心思，淡淡道：「你是不是在想，朕將他鎖拿回京，御審欽查，是不是太過火了？」

楊戩不敢說是，垂著頭不敢說話。

趙佶吁了口氣道：「朕總要給人一個交代，國公豈能白死？朕這一次點頭讓姜敏去鎖拿他，就已經有維護他的意思，你明白了嗎？」

楊戩心中一想，姜敏與沈傲也是世交，這二人的關係倒是不錯，陛下派遣他去，原來是故意爲之，於是心中釋然，忙道：「陛下聖明。」

趙佶臉帶疲倦地道：「好端端的，又鬧出這麼大的事，沈傲也該好好教訓一下了，朕已經想清楚啦，若是這一次他當真是無端誅殺鄭國公，朕也絕不會輕饒，否則人言可畏，就算鄭妃不尋朕來訴苦，這滿朝上下也會非議朕徇私，王子犯法與庶民同罪，這道理，朕說過也不是一次兩次了。」

楊戩心中釋然，道：「陛下說得是。」

趙佶反倒呵呵一笑道：「原本朕是想明日回宮的，可是現在看來，後宮那邊只怕也要鬧翻天了，朕只能在這山中繼續做閒雲野鶴了，後宮的事，朕不管，也不想管。」

楊戩道：「陛下的意思是不是想將沈傲鎖拿回京師後，再一併說？」

趙佶頷首道：「朕不能見鄭妃，見了她，朕心中有愧。好啦，下去吧，朕先歇一歇，駿兒什麼時候醒了，再叫朕起來。」他拍拍手，看了看畫，不禁道：「烏雲壓城城欲摧，世上本無事，為何總有人要攪了朕的清夢。」

趙佶不由地長嘆了一句，目光幽遠地朝向窗外看去。

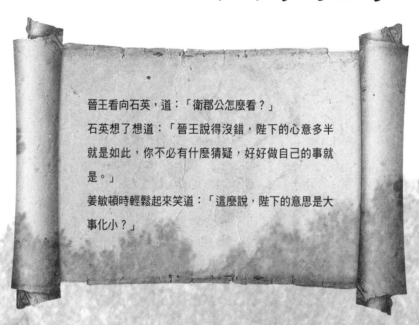

第一二八章 大事化小

晉王看向石英，道：「衛郡公怎麼看？」

石英想了想道：「晉王說得沒錯，陛下的心意多半就是如此，你不必有什麼猜疑，好好做自己的事就是。」

姜敏頓時輕鬆起來笑道：「這麼說，陛下的意思是大事化小？」

此時，後宮已經鬧翻天了，據說鄭妃聽了消息，竟是一下子暈了過去，太醫們趕去救治，各宮也不得不盡一盡禮節前去探視。閣樓裡，各宮各院的嬪妃相聚在一起，臉上不約而同的都憂心忡忡，可是心中怎麼想，誰也捉摸不透。

閣樓中時不時有太醫進出，三樓的裡室是鄭妃的臥榻，外廳則是坐滿來探視的人，這時從裡室突然走出一個人來，正是太醫院最爲妙手的吳太醫。

吳太醫一出來，便規矩的給諸位貴人們行了禮，道：「鄭妃娘娘的身子並沒有什麼大礙，只是一時受驚，調養一下就可以了。下官已經開了一劑藥，好好將養，自然藥到病除。」

嬪妃們紛紛頷首，有人給吳太醫打了賞，吳太醫便提著藥箱走了。

外廳裡一片沉默，誰都沒有說話，有人打量著賢妃、淑妃，也有人只當做什麼事都沒有發生，闔目沉思。

賢妃和淑妃二人低聲說著話，近來這兩宮走得近，是人盡皆知的事，所以無人打擾。有人不禁在想，若是讓鄭妃看到她們，只怕這心病就難醫了。

淑妃這幾日顯得精神極好，淑妃只生了一個安寧帝姬，原本母只能憑子貴，幸好安寧在陛下身前頗爲受寵，因此淑妃的地位在宮中很是穩固；如今安寧又生了個王子，陛下更有敕這王子爲鎮南王的意思，比之皇子更加體面，女婿又是聲名赫赫的平西王，可謂一人之下，萬人之上，淑妃將來就算做不成太后，在宮裡也隱隱成為二號人物，誰也不敢小覷。

至於賢妃的心情卻略有幾分低落，兄長待罪入獄，好在還有一個沈傲在支持著，雖然不必太過操心，可是在宮裡免不得有幾分掛念，前幾日太后叫她去了一趟，慰勉了幾句，言裡言外都有幾分替她做主的意思，令賢妃稍稍放下了心。

至於其他各宮各院，大多都是牆頭草，鄭妃受寵便親近鄭妃多一些，眼看賢妃、淑妃地位超然，就多巴結她們一些，還有一些是中立派的，誰都不得罪。

許多人已經感覺到氣氛有些不太對勁了。正在這時，外頭有人唱喏道：「太皇太后駕到。」

宮嬪們聽了，忙起來去迎接太皇太后。太皇太后前些時日染病，如今剛剛好轉，在眾嬪妃的簇擁下到了廳裡，便向閣裡的內侍問候了幾句鄭妃的病情，內侍一一答了。

太皇太后微微笑道：「既然進了宮，就該斷絕宮外的雜事，好好地伺候陛下才是正理。」

這番話不知是不是意有所指，誰也不清楚。閣裡伺候的內侍只得乾笑著道：「太皇太后說得是。」

太皇太后頷首點頭，目光落在賢妃身上，道：「沈傲也有些不像話，好端端的，怎

麼又鬧出這種事來，連後宮都驚嚇到了，該罰！」

賢妃盈盈道：「娘娘息怒。」她的眼眸裡反而掠過一絲欣喜之色，太皇太后說的不是該死，而是該罰，這個罰字是有意爲之還是脫口而出就不得而知，可是或多或少，太皇太后還是有幾分維護的意思。

太皇太后都來了，太后卻沒有來，許多人不禁覺得奇怪，按理說，這是宮裡的禮數，雖然太后沒有給人侍病的道理，可是來問候一下也是應當的，這麼大的事早已傳到了景泰宮，怎麼能一點動靜都沒有?於是大家心中都在嘀咕。

有人想起了不久之前鄭妃和太后之間的一些事。太皇太后卻是不以爲意，對淑妃道：「駿兒還好嗎？」

淑妃含笑道：「陛下叫人帶去萬歲山了，臣妾也想問呢，明日叫個人去看一看。」

太皇太后板著臉道：「山上這麼大的風，可別吹壞了，要讓人看緊一些，哀家前幾日做了一身衣衫，掐了掐日子，還有十三天就是滿月之期，到時候賜過來吧。只是可惜……」

太皇太后的話說到一半，卻是不說了，許多宮嬪表情各異，都在支著耳朵聽太皇太后和淑妃的談話。

只聽淑妃道：「只是可惜什麼？」

太皇太后道：「可惜這麼好的孩子卻有個混賬的爹，兒子出生了，也沒見他來看看，反是在那邊胡鬧。今日倒好，攪成這個樣子，怎麼讓人安生？」

淑妃訕訕一笑，不得不道：「沈傲年紀尚小，許多事是孟浪了一些。」

太皇太后不再說什麼重話，只道：「他也有明白的時候。」說罷又問內侍，鄭妃醒了沒有，內侍進去看了看，出來道：「鄭妃已經醒了，正穿了衣出來要給太皇太后問安。」

太皇太后笑起來，道：「哀家是來探病，哪裡要她問安？叫她好生地躺著不要動。」

這時，裡屋的珠簾被拉開，臉色蒼白的鄭妃已經出來了。她一臉的楚楚可憐，道：「臣妾小恙，居然勞動太皇太后和諸位姐姐大駕，實在該死。」說罷盈盈一福。

眾人都站起來，太皇太后抬抬手道：「不必多禮，坐下說話吧。」

鄭妃便開始哭了，雲鬢惺忪，面帶梨花，嚶嚶道：「太皇太后要爲臣妾做主，臣妾的父親一向與人無爭，安守本分，如今……」

太皇太后便道：「這是外朝的事，鄭貴人何必如此？一切都有陛下處置就是。」

這話的意思，將太皇太后的立場說得再明白不過，太皇太后是在冷眼旁觀，根本不願理這檔子事。

眾人見太皇太后這般說，也都道：「正是，內外有別，鄭貴人不必牽掛，是非總有公論。」

鄭妃聽了，淒淒慘慘地道：「是。」

太皇太后便叫鄭妃坐到她的一旁，又安慰幾句道：「你是做人妻妾的，便要知道嫁雞隨雞的道理，娘家歸娘家，豈能事事爲他們出頭？陛下至今沒有擺駕回來，爲的是什麼？還不是怕聽到後宮裡頭有人哭哭啼啼？收起淚來，安安分分地做好自己的事。」

鄭妃只好道：「太皇太后說得是。」

太皇太后又道：「沈傲是外戚，鄭國公也是外戚，大水沖了龍王廟不是？不過話說回來，鄭貴人，你雖不是國母，但也是宮中的貴人，嫺熟端正還是要有的，不必嫉恨沈傲，他是陛下的左右臂膀，大宋這時候少不得他，爲了大宋……」

太皇太后的話越來越讓人聽不懂了，鄭國公都給沈傲殺了，人死不能復生，這時還要勸鄭貴人息怒，這太皇太后的葫蘆裡賣的究竟是什麼藥？

鄭貴人一直忍氣吞聲，她好歹也是寵妃，在這宮裡多少還有幾分分量，這時聽太皇太后這樣說，忍不住打斷道：「父母之仇沒有冰釋的道理，太皇太后，女四書裡也曾說過，莫說是男人，便是女子也該以孝爲先，平西王殺了臣妾的父親，怎得還能讓臣妾與他言笑？」

太皇太后抿了抿嘴，失笑道：「這是你的事，你好自爲之吧。」說罷轉過去對淑妃道：「陛下帶駿兒去萬歲山，也未嘗不是好事，這宮裡頭煞氣有點兒重。」

淑妃笑著頷首道：「太皇太后言笑了。」

鄭貴人被冷落到一旁，眼眸中掠過不悅之色，卻只能這般乾坐著。

外頭又有人道：「景泰宮主事太監敬德來了。」

敬德一向是太后跟前的人，他來多半是代表太后慰問的，鄭妃聽到太后不肯親來，眼眸中又顯露出失望之色，太后才是後宮裡真正的主人，鄭妃和太后的關係原本好好的，卻不知原由，近來的關係是越來越冷淡，如今鄭貴人抱病，太后居然連探視也不肯，可見二人的關係到了什麼地步。

其他的嬪妃也察覺出異樣，各懷著心思。

正在這時，敬德上了樓來，他看了這裡一眼，率先走到太皇太后腳下，磕頭行禮道：「奴才敬德，見過太皇太后。」

太皇太后虛抬著手道：「不必多禮。」

敬德便站起來，又抱手給各宮的貴人問了安，目光最後落在鄭貴人身上，對鄭妃道：「鄭貴人身子骨可好些了嗎？」

這句話前面沒有綴上太后兩個字，所以是敬德以自己的身分問候，鄭貴人的臉色有

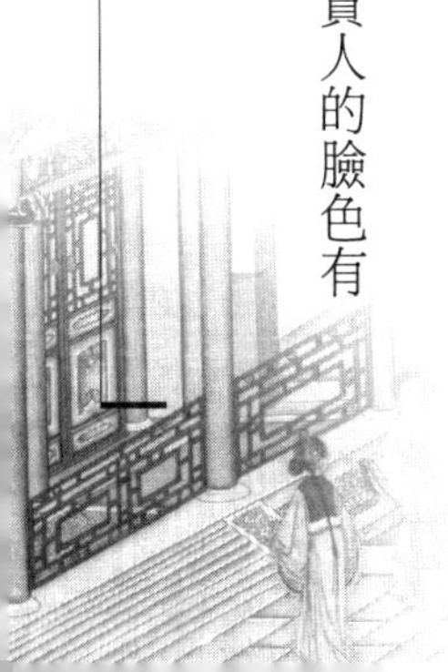

點兒僵硬，道：「好多了，多謝敬德公公掛念。」

敬德笑道：「貴人身體有恙，我們這些做奴才的，亦是心急如焚。」隨即又道：「太后娘娘聽說鄭貴人病了，也命敬德給鄭貴人問個安，順道兒給鄭貴人帶個話。」

太后的話就是懿旨，鄭妃那裡敢怠慢，立即道：「敬德公公爲何不早說。」

敬德板起臉來，正色道：「太后說，我大宋的祖制，一向後宮不干涉政務，外朝的事，若是有人敢牽涉，太后定不輕饒。」

若說太皇太后的話還算是婉言的勸慰，太后的話就十分不客氣了，鄭貴妃勉強露出來的笑容不禁更加僵硬，卻不得不道：「臣妾知道了。」

敬德看了鄭妃一眼，繼續道：「鄭妃好生記住了，好好伺候陛下，太原的事和鄭妃沒干係，不要去打聽，不要和陛下說什麼，更不能哭鬧。」

鄭妃一時呆住，卻只好噙著淚水道：「臣妾知道。」

敬德也不客氣，又朝太皇太后點頭：「娘娘，老奴告退。」

太皇太后的臉上看不到別的表情，只是淡淡地站起來道：「天色不早，哀家也先回宮了，鄭妃，注意自己的身體，太后的話要記在心上。」

太皇太后和敬德都要走，其餘的嬪妃也就不好再留，紛紛站起來尋了個理由，又說了幾句體己話，方才一道兒出去。

鄭妃侍所有人走遠，整個人一下從楚楚可憐變成了冷若冰霜，眼眸中掠過幾分怨毒，她旋身進了內室，欠身坐下，幾個內侍立即跪到了她的腳跟。

「方才的話，你們都聽到了嗎？」

「都聽到了。」

鄭妃哂然道：「她們這是聯起手來作弄我。」

「貴人息怒。」

這些人都是鄭妃的心腹內侍，這時也跟著著急了，宮裡各處當職的內侍，其身分都與自家的貴人有莫大的干係，比如楊戩因爲日夜陪著皇帝，當然是呼風喚雨；敬德跟著太后，在宮中也是二號的人物，鄭妃這兩年得寵，所以不少閣裡的內侍雞犬升天，如今眼看鄭妃一下子跌落到了谷底，哪個心裡不焦急？

若只是一個冷妃的內侍，在宮裡頭只有被人呼來喝去的命，一輩子都別想抬起頭來。再加上鄭妃收買這些人很是下了一番功夫，他們在外頭的親眷也都在鄭家做事，沒有鄭家就沒有他們今日的富貴，鄭家和鄭妃完了，他們也別想有好果子吃了。

鄭妃冷笑道：「息怒？息個什麼怒？她們這是要逼著我不聲張，乖乖地聽她們擺佈。」她闔著眼，冰冷地道：「這口氣我可以吞下，這個仇，我卻一定要報。」

內侍們什麼都不敢說，只是跪在鄭妃的蓮足下一動不動。

鄭妃怨恨地道：「從今日起，誰都不許聲張，鄭家的事和本妃沒有任何關係。不要去問，不要去聽，也不要亂說話！」

內侍紛紛道：「奴才知道了。」

鄭妃道：「都下去吧。」

眾人散去。

後宮一下子變得出奇的安靜，連一向喜歡串門的幾個嬪妃居然也都安分了，大門不出二門不邁。……

大理寺。姜敏接了敕命，頓時也是摸不著頭腦，陛下不會不知道自己和沈傲的關係，怎麼突然讓自己做這欽差，去鎖拿沈傲？

姜敏心裡其實也有點兒著急沈傲突然殺了鄭國公，這件事是任何人都萬萬想不到的，消息傳出來，舉朝譁然，可謂是議論紛紛；姜敏接了這敕命，猶如接了燙手的山芋。沉思片刻，決定第二日清早就出發，只是在出發之前的當天夜裡，他並沒有直接回家打點行裝，而是叫人抬了轎子，直接往衛郡公府上去。

衛郡公如今已是天底下除了沈傲之外最炙手可熱的王侯，身爲郡公，又掌握中書省，與李邦彥分庭抗禮，很是風光得意。不過石英爲人謹慎，行事一向低調，以至於大多數人都淡忘了這中書令，只記得有門下令李邦彥。

姜敏通報一聲，便徑直進去。他隔三差五便來這裡一趟，所以門房認得他，輕車熟路地帶他到了一處小廳，姜敏跨檻而入，便看到石英端坐在那兒，另外一個居然是晉王趙宗。

晉王怎麼也來了，姜敏心裡遲疑，想這晉王一向瘋瘋癲癲的，和衛郡公並沒有多少交情，怎麼今日突然來拜訪？滿腹狐疑之下，卻也不急於揭曉答案，先向晉王和衛郡公行了禮。

晉王哈哈一笑道：「你便是那姜敏，本王記得你，你明日要去太原，是不是？」

姜敏道：「是。」

趙宗喝了口茶，才又道：「實話和你說了，沈傲斬了鄭國公這狗賊，實在大快人心，我那皇兄是個糊塗人，沈傲明明做了一樁好事，居然還要下旨鎖拿，真是是非不分。」

這句話悖逆至極，也只有晉王敢如此堂而皇之地說出來。趙宗經了上次的事，對鄭家深痛惡絕，聽沈傲殺了鄭國公，更是拍手叫好，此時聽到趙佶下旨鎖拿沈傲回京，立時覺得他這皇兄實在不太公道，只恨不得斬鄭國公的是他這晉王。

石英怕趙宗再說出什麼悖逆的話，連忙移開話題，對姜敏道：「姜兄來這裡，可是

爲了沈傲的事？」

姜敏道：「正是，姜某有些疑問要請郡公解惑。」

趙宗哈哈笑道：「本王也是爲了沈傲的事，是太后讓本王來的，太后讓本王來找衛郡公，給你帶個消息。」

姜敏一時糊塗了，這事怎麼又扯到了太后的身上？

石英解釋道：「姜兄現在是不是在想，陛下特意派你去鎖拿平西王，到底是故意爲之，還是要試探什麼？」

姜敏的心事一語被說中，苦笑道：「就是爲了這個事，陛下知道老夫和沈傲的關係，怎麼會特意點了老夫去？」

石英與趙宗不由相視一笑，石英道：「陛下就是因爲知道你和沈傲的關係，所以才叫你去的。」

姜敏更加糊塗了，只好求教道：「不知陛下到底是什麼心意？」

趙宗撇撇嘴道：「我那皇兄是讓你放手去好生照料著姓沈的傢伙，讓他在路上不要出了差池，母后也是這個意思，讓本王來，就是要告訴衛郡公和你，不要有什麼顧慮，天還沒塌下來。」

趙宗的話是沒人肯信的，姜敏又不是傻子，晉王一向沒譜，哪裡敢聽他的話，眼睛看向石英，道：「衛郡公怎麼看？」

石英想了想，道：「晉王說得沒錯，陛下的心意多半就是如此，你不必有什麼猜疑，好好做自己的事就是。」

姜敏頓時輕鬆起來，喝了口茶笑道：「這麼說，陛下的意思是大事化小？」

太原城漸漸暖和了一些，如今有錢有糧，賑災事宜變得輕鬆起來，每日都能夠有三頓飽飯。由於陳米太多，於是乾脆把米直接發出去，衙門裡也開始動員起來，給災民發放斧頭，到附近伐木，再運到城郊建築新屋。

所以每到清晨時，太原便萬人空巷，近二十萬人傾巢而出，井然有序地出城做事。

最令梁建痛苦的是，平西王居然撒手不管了，雖然偶爾會發出幾道命令，但大多時候他都在躲閒偷懶，叫人去問安一下，回報不是說平西王正在沐浴，即是在看書，或者在喝酒。結果永遠都是一個答案，平西王他老人家沒空，你自己看著辦。

梁建不禁傻眼，以往他一向是受人派遣，現在叫他主掌一方，一條老命搭進去也不夠用啊，可是平西王不管事，無奈何只能咬著牙去做了。

好在雖然開始時手忙腳亂的，慢慢地也上了軌道，梁建總算鬆了一口氣。

這一日大清早，欽差行轅終於有了回音，平西王居然特意叫了人來請梁建過去。梁

建只半個多月就已經蒼老了許多，一聽行轅那邊有了音信，平西王終於出山了，沒有什麼事比這更令梁建高興了。

到了欽差行轅，梁建叫人通報後，在外頭等著，門口站著幾個校尉，梁建便隨口與他們閒談，問道：「殿下近來可好？」

校尉回道：「好得很。」

「殿下這時候在做什麼？」

校尉知無不答：「這時應該是沐浴的時候了。」

梁建不由一呆，三天兩頭來問都是沐浴，沐浴做什麼？

校尉彷彿看出他的心事，肅然無比地道：「殿下說了，敕命馬上就來，到時候少不得要去大理寺坐一坐，莫非梁都督沒有聽說過『洗乾淨屁股蹲大獄』這句話嗎？」

梁建瞠目結舌，良久才吐出一句話：「老夫只聽說過洗乾淨屁股吃斷頭飯。」

這回輪到校尉們瞠目結舌了。

裡頭終於有了回音，一個校尉帶刀過來，躬身道：「梁都督請，殿下正在廳中等待。」

沈傲果然是沐浴更衣過，頭上還有些濕漉，一身乾爽的衣衫，臉上神采奕奕，一雙眸子光輝無比，溫和又深邃，讓人看得很舒服。

梁建朝沈傲行了個禮，叫了一聲殿下。沈傲笑呵呵地道：「梁都督沒必要多禮，哈哈……今日天色不錯，請梁都督來，是有事要交代，來，來，坐下說話。」

說罷，沈傲站起身來給梁建斟茶，梁建受寵若驚，忙道：「殿下，下官自己來。」

沈傲笑嘻嘻地道：「今日不以官職論交，只以年齒敘話，你是尊長，本王官是大了那麼一點點，可是論年齒，本王還是個晚生後輩。」

梁建連說不敢。

二人喝了茶，沈傲便嘆了口氣，道：「太原城如何了？」

梁建不敢怠慢，連忙將近來大都督府措置的事都詳盡地說出來，最後道：「城郊已經有大量的民房建起來，眼下就等春分，天氣一暖和，就要準備農耕了。」

沈傲含笑道：「辛苦梁都督了，這春耕的事，還要梁都督來做。」

梁建苦笑道：「殿下……我……」

沈傲擺了擺手打斷他道：「本王作壁上觀，就是希望梁都督好好地做事，磨礪磨礪，你看，本王龜縮在這行轅，梁都督不是一樣把事情做得妥妥貼貼的嗎？」

他吁了口氣，繼續道：「本王估摸著敕使這幾日就要到了，到了那個時候，本王也該被鎖拿入京，大理寺很久沒去過，如今想起來還真有幾分懷念。不管怎麼說，事情還要做下去，本王不能做，梁都督只能咬咬牙把這干係擔起來。」

梁建不由道：「殿下，莫非京城裡已經有了消息？陛下的態度如何？」

沈傲笑道：「消息已經快馬傳來，陛下敕命大理寺卿姜敏爲欽差，即刻啓程，鎖拿我這犯官回去。」

梁建臉色一變，道：「這可如何是好？」

沈傲撇撇嘴道：「本王不怕這個，陛下的心意我明白得很，這一次既是派姜大人來，說明事情還不算太壞。」他呵呵一笑，又道：「在汴京，有人想叫本王死，本王偏偏要生龍活虎的活給他們看。你沒必要擔憂，本王早有計較，不過有幾件事，還要都督幫個忙，等本王回到京師，就要御審了，過了御審才能恢復自由身。」

梁建正色道：「殿下不怕，梁某也沒什麼可擔憂的，殿下若有什麼交代，下官一定盡心盡力地去辦。」

沈傲笑道：「沒必要這麼認真，這件事到時候再吩咐你吧。」

梁建心裡不由苦笑，到了這個時候，這位平西王老爺居然還在賣弄關子，唏噓了一陣，和沈傲說了會兒話，沈傲千叮萬囑，都是一些臨行前的交代，梁建也認真地聽，不斷點頭。

日上三竿，沈傲突然伸了個懶腰，霍然而起笑道：「說了這麼多，不知耽誤了梁都督多少政務，倒是本王的不是了。」

梁建忙起身道：「不敢。」

沈傲的眼眸中這時閃露出智慧的光澤，彷彿是運籌帷幄的將軍，心中早有定計，一切的後事已經安排妥貼，就等大獲全勝的時刻。他信步叫來一個校尉，道：「去把童虎叫來。」

童虎來得很快，抱拳行禮道：「殿下。」

「坐下說話，本王有事要吩咐你。」

童虎莊重地道：「卑賤不坐，站習慣了，殿下有事吩咐，且說就是。」

沈傲慢吞吞地道：「本王如今已是犯官，哎……回了汴京，只怕是生死未卜了。」

童虎名義上雖是教頭，可是一直陪侍在沈傲的左右，說是沈傲的侍衛隊長還差不多，二人朝夕相處，感情深厚。他這人倒也實在，嗔目道：

「殿下說這種喪氣話做什麼，殿下在太原做的一樁樁好事，多少人要感念殿下的活命之恩，朝廷一定能明辨是非。」

沈傲淡淡笑道：「世上的事哪裡有這麼容易說清楚？是非歷來不是明辨出來的。」

童虎愣了一下，也不知該如何勸，一時無言。

沈傲抖擻精神道：「本王交代你辦一件事，若是這件事辦成了，本王就多了幾分把握。」

童虎聽了，面露喜色，道：「殿下要吩咐什麼事，儘管說就是，只要對殿下有好處，我童虎即是落了腦袋也絕不皺眉。」

沈傲呵呵笑道：「這可是你說的，到時候可莫要後悔。」

童虎正色道：「我童虎說過的話，斷無更改。」

沈傲身體微微前傾，朝童虎勾勾手道：「你過來一點說。」

童虎走過去，沈傲低聲授意，童虎不斷點頭，等沈傲說完了，童虎拍著胸膛道：「這件事便是殿下不吩咐，卑下也是要去做的，殿下儘管放心就是。」

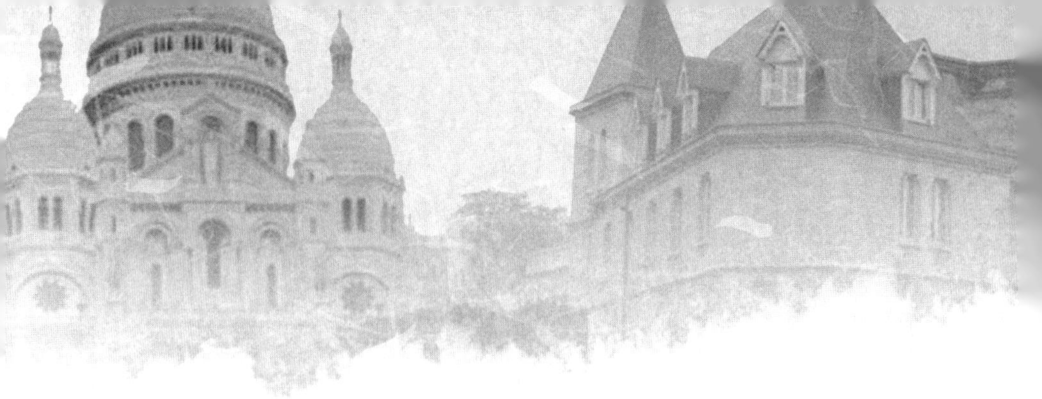

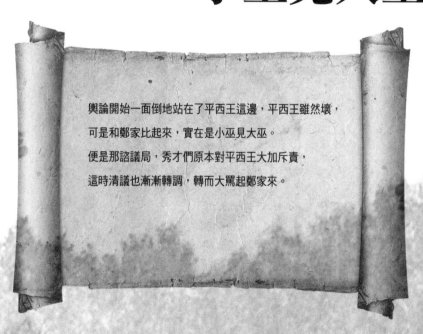

第一二九章 小巫見大巫

輿論開始一面倒地站在了平西王這邊，平西王雖然壞，

可是和鄭家比起來，實在是小巫見大巫。

便是那諮議局，秀才們原本對平西王大加斥責，

這時清議也漸漸轉調，轉而大罵起鄭家來。

永和二年十一月初九。

豔陽高照，一隊殿前衛出現在太原西門，簇擁著一輛馬車緩緩而來，門卒見了，立即飛報欽差行轅、大都督府，一時之間，整個太原城各衙門車馬紛紛朝西門而去。

敕命欽差終於到了，雖然早有預感，可是誰也不曾想到來得這麼的早。

過了片刻，沈傲打馬帶著一干校尉過來，後面跟著梁建等人。

坐在馬車裡的姜敏屈身出來，這一趟敕命而來，他心裡雖然已經有了計較，可是到了太原，不禁有些意外，原以爲太原如今必是餓殍遍地，誰知居然井井有條，那災民哪裡像是災民？不曾見到一個面黃肌瘦，雖可見疲乏之態，卻沒有見到一個衣衫襤褸的人。

這個景象頗有些顛覆姜敏的認知，十幾年前，他也曾敕命前去視察水患災情，當時的情景在他看來，實在和人間地獄沒有區別。如今這太原地崩才過去三個月，居然已經看不到之前曾經歷過地動山搖了。

他心裡不禁感嘆，平西王這欽差，按道理應當論功行賞，如今卻是待罪鎖拿，實在令人唏噓。

沈傲已經帶著一干人迎過來，姜敏露出笑容，上前一步，看了沈傲一眼，原想沈傲這時應當形容消瘦才是，誰知竟是精神奕奕，臉色帶著一種健康的暈紅色，天下的犯官要找出這樣子的來，還真是少見得很。

「姜大人，久違了。」沈傲看到姜敏，臉上浮出淡淡的微笑。

姜敏挽住他，不禁嘆道：「平西王好自在，只苦了姜某了。」隨即從容一笑道：「這太原總算沒有白走一遭，今日見了這裡，才知道平西王的才幹。」說罷放低聲音道：「幾位王妃在汴京還好，安寧帝姬已經產下一子，如今孩子很健康，你不必擔心。祈國公在大理寺也還算照顧周到，衛郡公托老夫給你問個好。」

沈傲頷首點頭，道：「這樣我便放心了，衛郡公還好嗎？中書省這時候想必早已忙開了吧。」

二人邊往城內走邊說著話，其他官員和車馬轎子只能尾隨在後。好在此時正是萬人空巷的時候，街道上的人零零落落，倒也沒人圍看。

姜敏道：「年關就要到了，中書省要核實一年的奏疏，還要委任官員督促六部，確實忙了一些。」

二人絕口不提欽命的事，一路過去，只是寒暄，偶爾說幾句笑話，讓後頭跟著的官員們一頭霧水，不知道的，還當他們是老友重逢，這姜大人是來探親訪友的。

到了知府衙門，中門大開，接旨的香案都準備妥了，姜敏和沈傲對視一眼，道：「平西王、駙馬都尉沈傲接旨吧。」

沈傲立即肅容，在香案之下拜倒，道：「臣接旨！」

眾人亦紛紛拜倒，一齊高呼萬歲。

姜敏面色嚴肅，從隨來的殿前衛手中接過了一份聖旨，微微掃了一眼跪倒一片的人，清了清嗓子，正色道：

「制曰：間者，數年水旱疾疫之災，是歲，太原地崩，朕甚憂之。愚而不明，未達其疚。意者，朕之政有所失而行有過與？乃天道之有不順地利或不得，人事都失和，鬼神廢不享與？何以至此……」

這聖旨出奇的長，許多人聽了這麼長長的一段，霎時有些糊塗了，欽命不是來治罪的嗎？怎麼廢話一大堆，全是題外話？這聖旨裡只說近年來水旱瘟疫的災情接連不斷，如今太原又發生了地崩，朕很是憂心忡忡。對此，朕想，是不是因爲朕的政策有什麼失誤，或者行爲有什麼過失？還是因爲天時不順，地利沒有發掘，還是人們相處的不夠融洽，對鬼神的祭祀廢棄了呢？

這番話乍聽之下頗有自問的意思，可是在這個場合，實在和廢話沒什麼區別。不過聖旨這東西一向精闢，在前頭說這麼多廢話，只怕這背後一定有什麼用意。

連姜敏都覺得這聖旨有點兒囉嗦，於是語速加快了幾分，又道：

「蓋聞王者莫過於周文，伯者莫過於齊桓，皆待賢人而成名，朕觀今天下賢者、智者，何人可居平西王之右？」

這話再明白不過了：聽說古代帝王沒有超過周文王的，霸者沒有超過齊桓公的，他們都是依靠賢人的幫助才成就了功業。朕看天下的賢才，哪裡有智慧能與平西王比肩的人？

話面好理解，可是話中的意思倒是令人費解了，明明是治罪的詔書，怎麼還誇起人來了？在天子看來，賢才這個稱謂比之提拔還要難得，在皇帝心裡你是個賢才，就意味著早晚要位列中樞的。更何況平西王還被誇成了一朵花，一個無出其右，幾乎是把平西王拔高到無人可以媲美的地步了。

言外之意更是說，周文王和齊桓公有了賢才才成就了偉業，朕有了平西王才有今日的天下昌盛，四海昇平。當今天子一向自我感覺良好，和周文王、齊桓公比肩也不算為過，可是沈傲在這聖旨中就成了管仲和姜子牙，說明沈傲在天子心中的地位。

莫非……這是一份獎掖詔書？

所有人雖是拜服在地，心裡都不禁嘀咕起來，這聖旨實在讓人太捉摸不透了，這麼聽，平西王怎麼也不像是罪臣，反倒是臣的成分更多一些。

可是只有沈傲明白，趙佶那老傢伙若是叫人送聖旨過來痛罵自己一句，這事兒倒也罷了，無端端把自己誇成一朵花，只怕這事情鬧得太大，連皇帝也蓋不住了。

果然，姜敏繼續道：「朕恤賢才，委託軍國事，敕爲王爵，與朕同享天下。何故今日，平西王擅殺太原大都督、鄭國公？文仙芝乃國之幹臣，鄭國公與朕有親，貴不可言，平西王如此，可心懷忠勉之心？常懷聖恩？」

話鋒一轉，語氣也重得很，懷疑到了忠心兩個字，便是才比管仲，只怕也免不了問罪。

「今有人言，平西王有二心也，有王莽之志……」

所有人都大驚失色，梁建差點兒一頭栽下去，王莽兩個字在聖旨裡出現，這問題就不再是驕橫可比了，王莽是誰？但凡有哪個天子認定了誰人有王莽的志向，就算無罪，只怕抄家滅族也足夠了。

「朕不問，深信平西王的忠心耿耿，可昭日月，奈何平西王驕橫，敕大理寺卿姜敏，鎖拿平西王入京治罪……」

沈傲聽得恍惚，雖說早知道聖旨應當只問驕橫，可是這時候還是被趙佶的聖旨攪出了一身冷汗，便道：「臣接旨。」

接過旨意，姜敏上前一步扶著沈傲起來，道：「平西王勿憂，且先隨老夫回了京城再說，不必多想。」

沈傲心裡想，我多想才怪。口裡道：「還請姜大人照顧了。」

姜敏呵呵笑道：「這是自然。」也不叫殿前衛立即鎖拿沈傲，一起入內室去閒坐。

二人在廳中坐定，姜敏壓低聲音道：「太后還有一句話托老夫帶給殿下的。」

沈傲笑道：「大人但說無妨。」

姜敏道：「太后說，天沒塌下來。」

沈傲淡淡笑道：「本王的天當然沒塌下來，可是有的人的天卻要塌下來了。」

姜敏不由心裡想，平西王的心態當真是令人看不懂，怎麼一點也沒有忐忑的意思？

隨即苦笑，不動聲色地道：「殿下打算什麼時候回京？」

明明是鎖拿，可是鎖拿的欽差竟問犯官什麼時候回去，這也算是一樁奇聞異事了。

沈傲居然一點慚愧客氣的意思也沒有，想了想道：「明日清早吧，早些回到汴京也好，這裡太冷。」

姜敏失笑，喝了口茶道：「原本老夫還要勸慰殿下幾句的，如此看來倒是不必了，也省得浪費唇舌。」

正說著，外頭卻是鬧哄哄起來，許多人匆匆地往這邊過來，只聽得外頭有人大喊：「走，說理去，不把道理講清楚，平西王決不能走。」

這聲音聲若悶雷，一下子將廳中友好的氣氛破壞得支離破碎，眾人不禁面面相覷。

沈傲臉上現出幾分尷尬，連忙道：「姜大人，好說，好說，或許是哪個混賬胡鬧，

不必理會，不必理會。」

姜敏心裡有點兒懷疑是嘩變，可是身爲欽差，總要有幾分威儀，於是正襟危坐道：「殿下何不去看看到底是誰在外頭喧嘩？」

沈傲點頭，正要站起來，便見烏壓壓的人衝入廳中來，爲首的居然是童虎，之後是一隊隊的校尉，人數足有上千之多，從裡頭往外看，看不到盡頭，人人都按著儒刀，臉色猙獰。

廳中的官員都不禁倒吸了口涼氣，連姜敏也不由地臉色驟變。

姜敏朝沈傲看了一眼，沈傲只朝他點了個頭，道：「姜大人安坐，本王倒要看看，這些人玩什麼花樣。」

湧進來的校尉越來越多，童虎打頭，中隊官、隊官在前頭，後頭的校尉按著刀，表情肅穆。

童虎抽出腰間的刀，掃視了廳堂中的一干官員一眼，才聲若洪鐘地道：「哪個是欽差？」

沈傲拍案而起，道：「童虎，放肆！你吃了豹子膽嗎？敢衝撞欽差？」

童虎惡狠狠地道：「殿下，今日我們只是來討個公道！」

「對，討個公道！」

「殿下冤枉，爲什麼要鎖拿進京？」校尉們霎時鼓噪起來。

姜敏捋著鬍鬚，不禁道：「是非自有公論，不回京，如何辯罪？」

可惜他的話很快就被聲浪壓了下去。姜敏一臉死灰，心說不好，原以爲來了太原，將沈傲帶回去便算功德圓滿，至於回京之後御審的事，大家還可以周旋，更何況，陛下在聖旨中只是直指平西王驕橫不法而已。可是今日若是鬧出事來，不知又會橫生出多少風波。

沈傲厲聲道：「荒唐，天家的事和你們何干？」

童虎與沈傲對視，氣呼呼地道：「我們是天子門生，爲師者出了錯，做門生的豈能不聞不問？」

這句話回得實在精彩，連沈傲都瞠目結舌了，戰鬥力頓減，便語氣溫和地道：「那你來說說看，尊師何錯之有？」

這是一句犯忌諱的話，可是也不算忌諱，沈傲只說尊師，不提宮中，誰也不能揪出錯來。

校尉們一時肅然，所有人都屏住呼吸，童虎踏前一步，走到姜敏跟前，抱拳行了個禮，道：「欽差大人，童某要問，平西王何罪之有？」

姜敏看了沈傲一眼，回過神來，道：「擅殺文仙芝、鄭克。」

童虎深深點頭，道：「殿下確實擅殺了文仙芝和鄭克，這句話倒是沒有錯。」接著話鋒一轉，道：「可是童某人卻以為朝廷不公！」

姜敏好歹也是讀書人出身，若論辯才，比童虎不知高了多少層次，這時又好氣又好笑，道：「有什麼不公之處，但說無妨。」

童虎正色道：「平西王殺了文仙芝、鄭克二賊便是罪，我童虎手刃了都虞候文尙，也是第一個率先衝入大都督府的人，爲何朝廷只論平西王之罪，偏偏不問童某之罪？這不是不公，是什麼？今日朝廷若是不給一個公道，我童虎第一個不服！」

姜敏這下傻了眼，他的口才再好，撞到這麼一個飛蛾撲火的，一時也是無言，只聽說過人拚命洗脫自己的干係，還從來沒有見過有人非要把禍事往自家身上攬的，那童貫童公是多麼心思玲瓏的一個人，怎麼會有這麼一個侄子？

姜敏呆著不動，一時反而不知該如何是好了。只好道：「這事老夫定會上呈聖聽，朝廷早晚會有處置，請童將軍少待。」

這話算是很夠意思了，誰知童虎卻是大喝道：「不成！」他舔了舔嘴道：「要嘛把我童虎一起鎖拿回京去，要嘛欽差大人就別想走，欽差大人是大理寺卿，這事恰好是欽差大人管，今日一定要還我童虎一個公道！」

姜敏被逼得無可奈何，這時也有了幾分火氣，勃然大怒道：「大膽，你敢阻撓欽差辦事？」

童虎回答得很是光棍：「請欽差大人降罪！」

姜敏一時無語，原想嚇嚇他，誰知人家巴不得你動手，於是看了沈傲一眼，沈傲立即當做什麼都沒有聽見，把目光瞥到一邊去。姜敏只好道：「好，那就讓人將你一道鎖拿回去治罪！」

童虎臉上露出愉悅之色，抱拳行禮道：「都說大理寺卿姜大人鐵面無私，眼底之下容不得沙子，今日見了，果然是如此，童虎佩服之至。」

「……」姜敏臉色一白，想說什麼，卻又說不出口了，遇到這種愣子，他就是有天大的脾氣也發不出來，只好道：「既然鎖拿回京，那還不快退下待罪？明日就命人押你回去。」

童虎喜滋滋地道：「姜大人公侯萬代。」說罷，便大步流星地走了，留下一大群面面相覷的官員。

可是校尉們卻還沒有散去，姜敏只好道：「既然你們童將軍已經如願以償，還圍在這裡做什麼？快快退出去。」

一個中隊官踏前一步，抱拳道：「姜大人秉公無私，令我周海佩服，可是卑下不能走！」

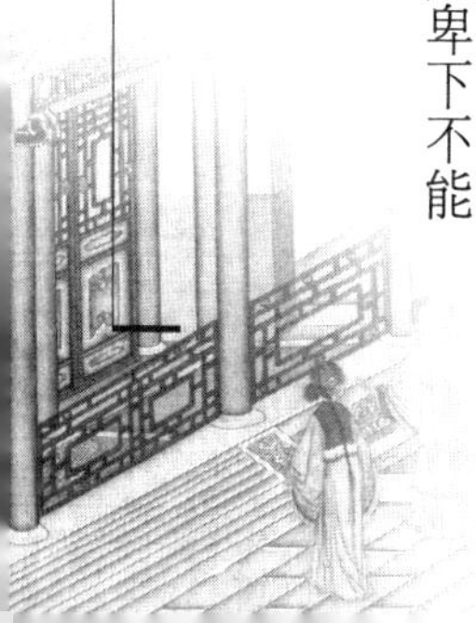

姜敏已經有些吃不消了，只好問：「爲什麼不能走？」

這叫周海的中隊官挺著胸脯道：「童營官說他殺了都虞候文尚，其實並不是真有其事，當時童營官確實是砍了文尚一刀，可是文尚那時還沒有死透，後來是卑下補了一刀，文尚才氣絕的，這麼算起來，我周海才是罪魁禍首，大人既然要鎖拿童營官，爲何不處置我周海？」

姜敏嘴唇已經哆嗦得說不出話了，只好道：「那就一併鎖拿！」

周海喜滋滋地抱拳道：「姜大人明斷，卑下這就回去待罪思過，明日大人啓程時，切莫忘了叫人來知會一聲。」說罷，飛快地退了出去。

周海一走，又一個中隊官過來。

姜敏心中叫苦，硬著頭皮問：「你又犯了什麼罪？」

中隊官苦著臉道：「殺了三個邊軍算不算？」

沈傲殺文仙芝和鄭克算犯了罪，童虎和周海殺文尚也算，他殺了邊軍，當然算！姜敏若是說不算，那真要炸開鍋了。姜敏便道：「鎖拿！」

中隊官見姜大人這般識趣，笑呵呵地道：「多謝。」接著飛快地走出去。

接著又是一個個上來領罪的，絡繹不絕。

姜敏撞到這些人，也算他倒楣，只好道：「全部押回去！」

「萬歲！」校尉一陣歡呼，一哄而散。

廳堂裡，眾官員目瞪口呆，尷尬地咳嗽，

沈傲對姜敏道：「這些人太不曉事了，姜大人辛苦，不如暫時先去歇息，明日再啓程如何？」

姜敏原本還有幾分精神，這時候也是累了，便道：「好，殿下今夜打點行裝，明日我們便走。」

大家一起散去。

十一月初十這一天，一直到日上三竿，姜敏才遲遲動身。

其實選擇這個時候是沒辦法的事，如今平西王在太原城威望極高，若是讓人知道要押解平西王回京，太原城的百姓定然又是人山人海，到時候能不能順利出城還是兩說。這個時間正是太原百姓傾巢而出的時候，再加上此前嚴禁將消息傳出去，所以一切還算順利。

一千五百個校尉來得最早，彷彿生怕欽差偷偷地帶著平西王回去把他們撇下一樣。大家都是實心眼的人，說有罪就是有罪，有罪就要認，認了就要受罰，怎麼能讓欽差大人溜了？

清晨的薄霧還沒有散去，太原城街道空曠到了極點，可是這些人居然自備了繩索，邀朋呼友，這個說：「哪個老兄來給我綁一綁。」另一個說：「你先替我綁了手腕，我再替你綁。」結果之前那人便不喜了，道：「你這傢伙居然敢誆我？你綁住了手，如何綁我？」

姜敏從知府衙門帶著殿前衛出來的時候，好不容易積攢的好心情又蕩然無存了，見到這麼一夥人，實在叫他氣不打一處來，投案就投案，居然怕殿前衛的枷鎖不夠，連繩索都自備了，這算是怎麼回事？

姜敏只當做什麼都沒有看見，立即鑽入了馬車。

接著出來的是沈傲。

一見沈傲過來，大家呼啦啦的湧了過去，這個道：「殿下爲何不備繩索？」那個道：「既然是殿下，自然是戴枷鎖的，哪裡像我們這等苦哈哈的，還得自帶繩索過來？」

那個道：「這也未必，你看，殿下不是什麼都沒綁嗎？」

沈傲嘻嘻哈哈地看著他們，笑道：「本王是親王，雖是鎖拿，也未必一定要帶枷鎖，況且姜大人已經說了，這枷鎖不必上的。」

校尉們聽了，霎時臉色大變，紛紛將繩索抛落在地，都道：「早說，殿下不戴，我們自己綁自己做什麼？」於是這門前留了一地的草繩。

有不少先前已經被人綁住了的校尉四處哀告：「誰能幫忙解一下繩索嗎？喂，老兄，幫個忙，幫我把這繩索解開。哇，綁起來時你倒是手腳麻利，如今叫你鬆綁，你就這副樣子了？」

坐在馬車裡的姜敏見這樣也不是一回事，再這般耽誤，一天都不必啓程了，於是又從馬車裡鑽出來，走向沈傲道：「平西王，可以出發了，你坐後頭的那輛馬車。」

沈傲頷首點頭，道：「有勞姜大人。」

姜敏淡淡一笑道：「你我不必說這種客套話，只是不知沿途上，殿下還有什麼要吩咐的？」

沈傲想了想道：「有是有，就怕姜大人不答應。」

姜敏呵呵笑道：「殿下儘管說就是，老夫總不至虧待了殿下。」

沈傲很認真地道：「在太原，整日與這群大老粗廝混在一起，實在……哎……」他嘆了口氣。

姜敏看了看那些校尉，深有同感地點頭。

沈傲繼續道：「能不能在沿途上將本王與他們隔離開，若……若是再能有個小美人在車中相伴就更好了，姜大人……你怎麼了？啊？本王還指著你押解回京，你可不

能……」

汴京城這邊還在焦灼地等待消息，平西王殺鄭國公的事早已傳盪開去，引起了不少人的熱議。如今這二人已被推到了風口浪尖，平西王爲什麼要殺鄭國公？鄭國公又爲什麼得罪了沈傲？這些事，最是受人矚目。

各種流言都有，不管是不是喜歡平西王的，大多數對鄭國公都沒有什麼好印象，懷州鄭家富可敵國，又是外戚，但凡沾到這兩樣，坊間的聲名大多都不好，鄭家鬥富的事蹟更是不少，尤其是那鄭少爺花二十多萬貫買雞，更是引起一陣轟動。多少人辛勤一年，未必能賺二十貫養家糊口，可惜同人不同命，人家卻是一揮手，二十多萬貫去買一隻雞，居然連眉頭都沒有眨一下。

這個時候，邃雅周刊適時地推出專題，大談平西王和鄭國公的恩怨情仇。爲了增強可讀性，裡頭自然添加了不少趣談，可是話裡話外，大多數還是偏袒著平西王，尤其是鄭家在太原的作爲，更是全部揭露出來，使這一期的周刊瞬間熱賣，只三日工夫，在汴京就發售了十五萬份，可見坊間對此事的津津樂道。

周刊裡的內容立即在汴京炸開了鍋，許多人才知道，原來在太原，一斗米居然一度賣到了十貫。十貫是什麼概念？一般的平民百姓大致家中也就十貫的家資，若是能有百貫的餘錢，便算是小富之家了，米錢足足上漲了近百倍。

於是輿論開始一面倒地站在了平西王這邊，平西王雖然壞，可是和鄭家比起來，實在是小巫見大巫。便是那諮議局，秀才們原本對平西王大加斥責，這時清議也漸漸轉調，轉而大罵起鄭家來。

如今全汴京都在等平西王押解回京，等朝廷的御審，可見這次的事情鬧得實在不小。

李邦彥的府邸離鄭家不遠，一頂轎子落到了中門階下，外頭的轎夫唱喏一聲：「門下落馬。」說是落馬，其實就是下轎子，只是李邦彥不喜歡「下轎」二字，轎夫們投其所好，便換了個詞兒。

轎子輕輕向前傾斜，轎簾捲開，一臉疲倦的李邦彥的腳著了地，他的心情不是很好，鐵青著臉，令轎夫們大氣不敢出。

從轎子裡下來，李邦彥負手直接過了中門，迎面撞來一個府裡的主事。這主事聽到老爺回家，因此忙不迭地來伺候，見老爺進了府，立即躬身拱手道：「老爺今日怎麼這麼早回來？」

李邦彥冷冷地道：「把書房收拾一下，吩咐所有人都不許靠近，待會兒宜陽侯要來，直接將他請去書房。」

主事連忙點頭道：「小人知道了，鄭家二老爺也打發人來，說是想拜謁一下。」

李邦彥沉默了片刻，不耐煩地道：「這風口浪尖上，還是避避嫌的好，告訴二老爺，鄭家與李某休戚相關，李某定然鼎力襄助，但是這時候，還是少走動，待除了沈傲再說。」

主事欲言又止。

李邦彥沉著臉道：「你還有什麼話要說？」

這主事低聲道：「鄭家那邊，會不會……」

「會什麼？」李邦彥冷聲道：「都到了這個份上，再相互猜忌，誰也別想好過，你做你的事！」

說罷，李邦彥朝書房過去。

書房已經收拾好了，點上蠟燭，放了炭盆，小廝退出去，只留下李邦彥一個人呆呆的坐在這檀木太師椅上，愣愣地看著燭火發呆。

鄭國公這一死，讓李邦彥猝不及防，李邦彥能有今日，若沒有鄭國公在背後扶持，他一個北人，怎麼可能爭得過鄉黨眾多的南人？鄭國公沒了，李邦彥身後就少了一棵參天大樹，更何況，平西王收拾掉了鄭國公，早晚也要像對付蔡京一樣將自己置於死地。

這朝廷裡的紛爭，看上去只是勾心鬥角，卻比真刀真槍的廝打更加殘酷。敗，就算是能活下去，那也和死了並沒什麼區別。

眼下的時局越來越令李邦彥擔心，原以為平西王殺了鄭國公，他雖是少了一個倚靠，可是若能將平西王置之死地，倒也不算太壞；可是宮中的動靜，讓他立即明白了什麼。

先是鎖拿的旨意，雖是發了出去，可是陛下的聖旨中，卻刻意地將誅殺鄭國公的事淡化，只指責沈傲驕橫，「驕橫」二字說大不大，說小也不小，可是聯繫到陛下的態度，只怕袒護的可能性更多一些。

官家那兒倒也罷了，更緊要的是太后，後宮裡的消息實在令人心驚，太后非但沒有斥責平西王，反而告誡鄭妃，這意味著什麼？

李邦彥不敢想像，這次若是讓沈傲毫髮不傷地從大理寺中走出來，他李邦彥只怕只能乖乖上疏請辭致仕了，否則到時候莫說這首輔做不成，性命能不能保住還是未知數。

李邦彥呆呆地在思索著汴京許多重要人物的心思，思來想去，發現整個內朝外朝，他這首輔只有三成的勝算，而這勝算，還是沈傲誅殺鄭國公的前提下才出現。

「這次若是不能讓這姓沈的完蛋，以後，大宋再無人與他相抗了。」李邦彥很是沮喪地想。這時候他竟然產生了棄權的想法，這場遊戲實在太危險，一個不好就要陰溝翻船，他實在不想再進行下去。甚至若在兩年前讓他選擇，他寧願不做這首輔，也不必被

無形的力量推到與平西王爲敵的地步。可是……

李邦彥無力地感覺到，想要抽身而去只怕也並不容易，莫說他捨不得這到手的權位，便是要走，也難保不會有人報復；就算平西王不會報復，懷州的各大世家難道會讓自己好過？他們不惜靡費大量的錢財將自己捧上來，關鍵時刻自己若是不戰而逃，李家在懷州又靠什麼立足？

李邦彥嘆了口氣，搖搖頭，將這些胡思亂想全部撇開，正在這時候，外頭傳出腳步，聽到主事的聲音道：「老爺，宜陽侯已經來了。」

「請他進來！」

一會兒，宜陽侯彭輝快步進來，在李邦彥的書房也不客氣，大剌剌地坐在椅子上，惡狠狠地道：「李門下，這一次要出大事了。」說罷，從手裡拿出一本周刊，狠狠地摔在李邦彥的書桌上，道：「大人自己看吧。」

李邦彥撿起周刊，翻開第一頁，便被吸引了過去，臉上陰晴不定地繼續看下去，隨即道：「這一定是姓沈的授意，邃雅周刊本就是他家的。」

「他們這是要影響清議，若是這樣下去，只怕到時候還未處置平西王，便又要追究太原的事了；真要追究起來，我彭家脫不了干係，李大人只怕也……」

李邦彥沉聲道：「這是早有預料的事。」說罷嘆了口氣道：「所以平西王一定要死，否則你我都死無葬身之地。」

彭輝吁了口氣道：「御審已經定在下月，平西王一回來便開始進行，只是不知道陛下的心意如何？」

李邦彥道：「陛下還是祖護著他。」

彭輝不禁驚訝道：「若是陛下懷著這個心思，只怕……」

李邦彥擺了擺手，打斷他的話道：

「祖護歸祖護，既然是御審，當著天下人的面，只要咬死了沈傲功高蓋主或是驕橫弄權，陛下便是再如何祖護，沈傲也必死無疑。這一趟御審，主審當然是陛下，副審也有三人，我自然有份，大理寺寺卿姜敏與沈傲有舊，可以排除，新任的刑部尚書周彬肯定也有一份，老夫儘量讓你也攙和進來，你我二人，無論如何也不能讓沈傲逍遙法外。」

彭輝沮喪道：「也只能如此了。」

李邦彥道：「可是這些時日，你我再不能做其他的舉動，非但不能再數落平西王的罪狀，反而要好好地誇耀他一番，不如你明日上一份奏疏，就說平西王有功於國，請陛下從輕發落吧。」

彭輝驚訝道：「這又是什麼緣故？」

李邦彥淡淡笑道：「叫你做你就做才是，能不能做副審，就看你這份奏疏了。」他站起來，又是憂心忡忡地道：「眼下這個時候，老夫就怕中途出什麼岔子，其實真要到了御審，倒也不怕什麼，只是這平西王一向詭計多端，到時若是他再玩出什麼花樣，事情就更棘手了。」

彭輝頷首點頭道：「我擔心的正是這個。」隨即又道：「方才聽說鄭家的二爺要見門下，爲何門下不見他？」

李邦彥淡淡地道：「這個時候不能見，免得授人與柄。你我現在要處處小心，說不定早有人等著你我露出破綻來。你回去之後也閉門謝客吧，什麼事都不要做，只等御審就是。」

彭輝道：「就這麼辦。」

李邦彥坐在椅上，整個人彷彿蒼老了幾歲，哪裡還有浪子宰相的樣子？看著彭輝，哂然一笑道：「老夫總是覺得會出事，可是……」說罷搖搖頭，輕輕一嘆。

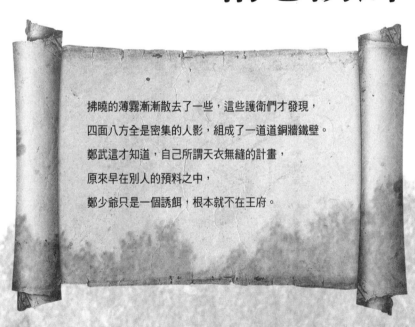

第一三〇章 精心誘餌

拂曉的薄霧漸漸散去了一些，這些護衛們才發現，

四面八方全是密集的人影，組成了一道道銅牆鐵壁。

鄭武這才知道，自己所謂天衣無縫的計畫，

原來早在別人的預料之中，

鄭少爺只是一個誘餌，根本就不在王府。

鄭國公的死，鄭家顯得格外的低調，所有的子侄全部閉門不出，中門緊閉，讓人一眼看去，平添了幾分陰森。

旨意在昨日就傳到了，陛下撫恤，敕鄭富爲東陽侯，除此之外，鄭克長子鄭楚爲鄭國公，一門的公侯，在大宋也算是罕見。可是誰都知道，這只是撫恤的意思，畢竟鄭國公橫死，不管怎麼說，朝廷也要表示一下。

大宋的爵位其實並不太值錢，除非像平西王、衛郡公、祈國公這樣的，既有爵位又參與政務，才頗爲顯赫一些。

鄭家的靈堂已經準備好了，只是據說爲了下葬的事起了爭執，鄭富要立即下葬，鄭克的長子鄭楚卻認爲應待父親沉冤得雪之後再安葬。

這對叔侄的關係其實並不好，鄭楚雖比鄭爽來說要正經了一些，卻也好不到哪兒去，多少仍有幾分浪蕩，偏偏鄭家的財務握在鄭富手裡，沒有他的准許拿不到錢，鄭楚心裡少不得有幾分埋怨。如今父親已死，族中的大權更是全落在鄭富的手上。若是以往倒也罷了，可是如今鄭楚已是國公，居然還要看叔父的眼色行事，十幾年來的積怨便爆發出來。

原本一件安葬的事，卻攪得全家不安生，鄭富早已一切都準備好，連弔唁的賓客都下了帖子，鄭楚卻突然嚷著要延到御審之後，鄭富哪裡肯聽？表面上好像是下葬引發的爭吵，其實明眼人都知道，這是鄭家一對叔侄在族權上引發的爭執。

鄭家由誰說的算，這才是問題的關鍵。這偌大的家業，讓誰都不肯做出讓步。

如今鬥爭已經白熱化，昨天夜裡，鄭楚發出了請柬，這請柬也是請親朋故舊來弔唁的，只是弔唁的時間和鄭富的不一樣，一個是十一月二十，一個是十二月初五，接到請柬的人都傻了眼，搞不清楚這鄭國公到底是什麼時候入土？怎麼說變就變？

鄭楚這麼一鬧，立即惹得鄭富大爲光火，這不是擺明了讓別人看鄭家的笑話？他無論如何也想不到鄭楚居然一點情面都不給。可是鄭克是鄭楚的親爹，下葬的事，鄭楚也有發言權，鄭富亦無可奈何。

他心中黯然，自己的獨子若是沒了，身後連個哭靈的人都沒有，不禁想起了沈傲吩咐他的事。

十一月十七的清早，天色已經有些晚了，鄭府門前點起了燭火，在鄭家的正堂裡，鄭楚帶著幾個兄弟在這兒聚會，所說的無非是報仇的事。

鄭楚身爲長子，在兄弟之間頗有威信，他穿著孝服，神色倨傲，率先發言道：

「今日清早，我去看了穴位，亡父身前是國公，我鄭家也不是尋常之家，那穴位雖是福位，卻還是辱沒了家父。」

幾個兄弟一時不吭聲了，那福位是二叔選的，這時候又要臨時更改，似有不妥。

鄭楚道：「怎麼都不說話？」

一個兄弟道：「是不是要問一問二叔的意思？」

鄭楚沉著臉道：「鄭家是我們這一脈做主，亡父是嫡長子，我是嫡長孫，到時候知會他一聲也就是了。」

說罷，又說了許多下葬的安排，才道：「眼下最緊要的，還是爲亡父報仇雪恨，再過兩天，那姓沈的就要入京，無論如何，也不能與他干休，殺人償命，到時候拿沈傲的頭來祭亡父的英靈。」

眾兄弟紛紛道：「不殺沈傲，誓不爲人。」

正說著，外頭傳出咳嗽聲，卻是鄭富負著手進來，淡淡道：「是誰要另選福位？」

眾人啞然。

鄭楚正色道：「叔父，我以爲……」

鄭富冷哼一聲，道：「這是極佳的福位，兄長安葬在那裡最好不過，眼下當務之急，是一起對付我鄭家的敵人，如今卻有人爲這種事挑起家中的不安，這是什麼居心？」

這句話說得已經很重了，直接說鄭楚不孝，爲了達到自己的某些目的，刻意鬧出家醜來。

鄭楚臉色驟變，不由冷笑道：「叔父既然這般說，我鄭楚索性打開天窗說亮話了。叔父，你肯爲亡父報仇嗎？」

鄭富淡淡的道：「這個自然。」

鄭楚冷冷一笑：「叔父這樣說，小侄卻萬萬不敢信。天下人誰都知道，叔父的獨子，我那堂弟落在沈傲手裡，叔父投鼠忌器，到時候可莫要反戈一擊的好。」

鄭富怒道：「你……你胡說什麼？」

鄭楚昂然道：「舐犢之情人皆有之，叔父有這心思，小侄也沒什麼可說的；可是我鄭楚死了父親，自然要報仇，卻不敢相信叔父。」

堂中的幾個兄弟聽了，也覺得有理，狐疑的看向鄭富。

鄭富大怒：「狗東西！」可是卻發現有理說不出，他回到汴京，一心只想著報仇，哪裡有這個心思，誰知卻被自家的侄子相疑，不禁吹起鬍子：

「好，好，這家你來做主吧，你不是早就想做主了嗎？」說罷，便拂袖而去！

鄭富趁著月色回到自己的書房，這書房的陳設很簡單，外頭的家人見他氣成這個樣子，給他斟了茶，遞進來道：「二爺這是怎麼了？是誰讓二爺這麼大的氣受？」

鄭富冷哼道：「沒有你的事，出去。」

那家人碰了釘子，立即要走。鄭富突然道：「去，將鄭武叫來。」

家人應了一聲，忙不迭去了。

鄭富這時既沮喪又難過，喝了口茶，整個人總算精神了幾分，心想，方才說的那句氣話，豈不是反而遂了鄭楚的心願？

不管如何，鄭家仍是捏在自己手裡，鄭楚這樣的跳梁小丑也奪不去，不說其他，就說鄭家的庫房鑰匙都還在自己的身上，江北七八個路的生意也都歸自己管，各個生意的掌櫃都是以自己馬首是瞻，想奪權，哪有這般容易。

只是眼下當務之急，一是要把鄭爽救回來，救回來了鄭爽，自己才能後繼有人；其二，就是想辦法除掉沈傲，除掉了沈傲，他在家中的威望才能重新樹立。

這兩件事都不太容易，可是這時候，鄭富已經感覺到了一個機會。

之前，沈傲曾委託鄭富去做一件事，這件事很簡單，只要一他出面，上一份奏疏，以鄭家的名義上書皇上請罪，陳言鄭家諸多不法的行徑。只有這樣，沈傲才會將鄭爽放回。

鄭富雖然當場答應了沈傲，可是心中卻不以爲然，若是上了這一份奏疏，不只對鄭家是滅頂之災，他也將成爲整個鄭家的眼中釘。

不過，鄭富已經採取另一種手段來救回鄭爽了。這時沈傲已經待罪，在押解的途中，分身乏術，正是營救鄭爽的最好機會。

外頭傳來輕輕的敲門聲。鄭富知道是鄭武來了，道：「進來。」

一個彪形大漢推門進來，鄭武生得很是魁梧，臉上有一道刀疤，在燭光之下，顯得異常恐怖。他臉上沒有任何表情，微微欠身，道：「二爺找我？」

鄭富點頭，淡淡道：「十三年前的事，你還記得嗎？」

「記得，那時候，小人在泰山爲盜，被官府拿了，若不是二爺，只怕小人早已被人開刀問斬。二爺不止救了小人一命，更接了小人的母親到別院裡贍養，二爺再造之恩，小人銘記在心。」

鄭富頷首點頭，道：「你記得就好。前幾日吩咐你去查的事查出來了嗎？」

鄭武臉上的肌肉抽搐一下，正色道：「查出來了，小少爺被關押在平西王府的柴房裡，總共有四個校尉看守。」

鄭富不禁動容：「他……還好吧？」

鄭武咬咬唇，沒有說話。這意思很明確，人被關在柴房，能好到哪裡去？

鄭富踟躕了一下，道：「王府的禁衛探查清楚了嗎？」

鄭武答道：「探查清楚了，總共是一百零一人，其中有三十六個是校尉，其餘的不過是尋常護衛，共分爲四班，輪替衛戍。」

鄭富沉默了一下：「你繼續說。」

「防禁最鬆懈的時候是卯時，上下只有一班人守著，總共是二十五人，其中十五個在前院，還有四個在柴房，六個在內宅附近。」

鄭富點頭：「要對付只怕不太容易。」

鄭武道：「若是有五十個好手，從後院翻過去，直取柴房，倒也並不太難。」

「五十個好手……」鄭武敲著身前的書桌，整個人陷入沉思，隨即道：「五十個人，若是到市井中去挑選，可以嗎？」

鄭武搖頭：「市井的潑皮不少，真正能做事的卻沒有幾個，怕就怕人還沒湊齊，消息就要洩露出去。」

鄭富犯難了，沉聲道：「府裡倒是有不少護衛，平時也有操練。只不過這些人若是失敗，被人發現了行藏可是大事。」

鄭武沉吟道：「二爺，若是佈置得當，應當不會出什麼差錯。」

鄭富悵然若失的喝了口茶，猶豫片刻，終於道：「你有幾分把握？」

鄭武只稍稍猶豫，便道：「若是對方沒有防備，就有十分把握。」

鄭武回答的信心滿滿，也傳染了鄭富一些信心，鄭富惡狠狠道：

「好，你立即召集府中五十個信得過的護衛，告訴他們，事成之後，每人一千貫的打賞，這事做成，保管他們一輩子衣食無憂。救出爽兒之後，暫時不要帶回鄭家，你立即領他出城……回懷州去，教他先在懷州待著，其餘的事，再做計較。」

鄭武道：「二爺放心，所有事都安排妥當，絕不會有失。」

鄭富苦笑道：「老夫是生意人，養兵千日用在一時，你把事做好，老夫不會虧待你……」他臉上陰晴不定，繼續道：「可要是失敗了……」

鄭武拱手道：「成是一樁富貴，失敗就是死！」

鄭富重重點頭道：「說得好，你這就去準備吧，今天夜裡可以動手嗎？」

「事不宜遲。」

鄭富懸著的心放下了一半，道：「那老夫今夜就通宵達旦的等你消息。」

越是往南走，天氣就暖和幾分，數百個殿前衛押著一千多的校尉，居然輕鬆愜意得很，這些人不但不會跑，反而每日清早起來，自動列好隊，連趕都不必，直接就走；到了飯點，也不勞殿前衛們動手，一聲令下，大家便就地埋鍋造飯。天色黑時，他們自個兒搭建營帳，這樣的欽犯，上哪兒去找？負責押送的殿前衛心裡都在嘀咕，除了武備學堂，再別無分號了。

更怪的事還有。比如沿途所過的州縣，欽差到了，當地的官員自然要迎送一下，可

是偏偏人家迎送的不是欽差姜敏，卻是欽犯沈傲。

沈大親王很得意的和這些人招著手，上下幾十個官員立即跪倒，口裡道：

「下官迎接平西王殿下來遲，還請殿下恕罪，下官人等在治所備下接風洗塵的酒食若干，還望殿下屈尊降駕，下官及全州官吏百姓不勝榮幸。」

琳琅滿目的官員跪了一地，所跪的竟是一個欽犯，實在是一件怪事。偏偏這位欽犯居然還不賞臉，端著架子。只見沈傲托著下巴，似乎是在猶豫，然後才大剌剌的道：

「這樣不好吧，我是欽犯，豈能和諸位大人吃酒？」

北地的朔風刺骨，一眾大小官員跪在泥濘裡，實在有那麼點兒不太好受，這時卻一個個露出真心的笑容，一起道：「能與殿下同桌，是三世修來的福氣，殿下說這等話，豈不是瞧不起下官？」

「好吧，既然你們如此誠意，我也只好恭敬不如從命了，不過……」

他一說不過，連閻王都要皺眉，跪在地下的官員們心裡直打哆嗦，都在想，我的老祖宗，吃就吃，哪裡有這麼多不過啊。

沈傲繼續道：「不知貴府有沒有什麼唱曲的，我沒別的意思，就是想聽一聽小曲兒，很想聽一聽『青絲綰』這首詞。」

「有！有！」不管有沒有，都得先答應，滿城這麼多青樓，還怕請不來人?!

沈傲笑了，隨即道：「我還想打葉子牌，五十貫一局的，姜敏姜大人也是此道中人，只不過還差兩個人來湊個桌子，不知諸位有會玩的嗎？」

姜敏聽沈傲說自己是此道中人，臉上肌肉開始抽搐。

眾官員紛紛道：「自然會，只要殿下高興，下官人等當然要作陪。」

於是沈傲進了城，吃了酒席，便坐在廳中喝茶，立即有伶人抱著琵琶來了，聲音委婉，纖手撫弄琵琶，引吭高歌，無非是書生和青樓女的故事，足足聽了半個時辰，沈傲精神抖擻道：「來來來，打牌！」於是……

只三個時辰的功夫，沈傲小心的將三張借據收好。

姜敏輸的少，這位大理寺卿實在是輸怕了，他知道平西王的本事，所以打起牌來格外的謹慎，縱是如此，還是八百多貫不見了蹤影。至於當地的知府和一個轄縣的知縣，這二人就慘了些，一個是三千三百貫，一個是兩千九百貫，兩人都是傻眼，一年加上火耗和訴訟的錢也不過區區兩三千貫而已，敢情自家是白忙活了一年？

沈傲見他們慘兮兮的，便大笑：「罷了，罷了，這欠賬就不必還了吧，都是自家人，本王知道你們的難處。」

他們連說不敢，想到鄭家也有一個欠賬不還的，人家是鄭國公，姓沈的還不是一樣打上門去，把鄭家少爺打了個半死，連人都帶了回去；後來更勒索一億兩千萬貫，到後

來，連鄭國公都被這廝殺了。

不管裡頭的詳情如何，大家都知道一個道理，便是：欠天王老子的賬可以不還，都不能不還平西王的賬，這會全家不寧，說不定要死絕的。

沈傲見他們如此客氣，便道：「既然如此，那我就卻之不恭了，明日我就要押解回京，咳咳……這賬……」

「一定籌措，一定籌措。」

沈傲心情格外的好，送走了諸位官員，便在這州治的後宅住下，慢悠悠的喝著茶。

姜敏坐在下首，不禁失笑道：「平西王大禍臨頭，還有這麼好的心情？」

沈傲嘻嘻笑道：「正是大禍臨頭，才要及時行樂才是。」

姜敏啞然，沉聲道：「莫非殿下已經有了脫困的辦法？」

沈傲哂然一笑：「這世上誰能困得住本王？龍游淺水，也有一飛沖天的一日，本王不是早已佈置好了嗎？難道姜大人沒有察覺？」

姜敏聽了沈傲的話，不禁道：「殿下佈置了什麼？」

「佈置的東西很多，到時候一齊發作起來，保準安然無恙。就比如這個時候……」

沈傲眼睛望向汴京方向，笑嘻嘻地道：「也該有魚兒要上鉤了。」

姜敏聽得雨裡霧裡，可是聽沈傲自信滿滿的口氣，心也逐漸放下來，不禁問：「什麼魚兒？」

沈傲倒不瞞他，道：「鄭家的二老爺。」

姜敏更加費解：「平西王能實言相告嗎？」

沈傲笑呵呵的道：「姜大人可不要忘了，鄭富的獨子還在本王的手裡，若是姜大人設身處地的站在鄭富的立場上想一想，眼下本王被押解回京，身無旁顧，這時候，鄭富會怎麼做？」

姜敏不禁道：「營救鄭爽！」

沈傲含笑道：「正是，上次在太原時，本王請他幫一個忙，讓他寫一份奏疏爲本王辯護，這麼做，並不是真要要脅他，而是要痲痹他，讓他以爲本王已經回天乏術，連這根救命草也要抓住。以鄭富的爲人，怎麼可能因爲一個不著邊際的許諾而將鄭家葬送掉?所以，本王相信，鄭富一定會趁本王回京之前，派遣人手營救鄭爽。」

姜敏不禁道：「平西王好算計。可是……」

沈傲打斷他：「可是要營救，哪裡有這麼容易，本王已經讓人飛鴿傳書，偷偷埋伏了三百校尉在府中，只要鄭家的人躍過院牆，便可以一網打盡。平西王府如今已是一座甕城，不恰恰是甕中捉鱉嗎？」

姜敏連連點頭：「不錯。」

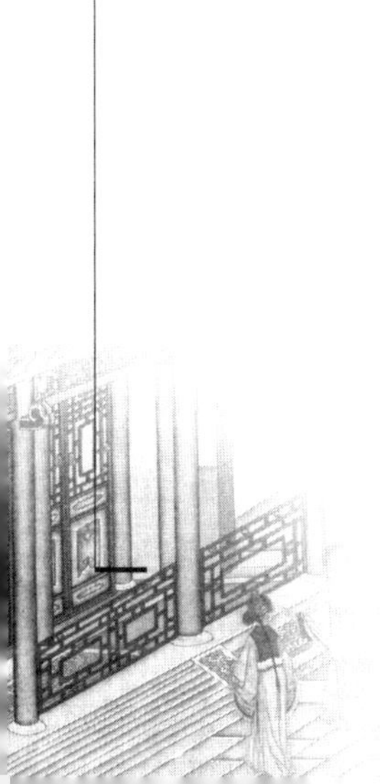

沈傲繼續道：「更精彩的還在後頭，平西王府是什麼地方？裡頭可是住著帝姬和幾位王妃的，幾位王妃，本王早已安排好了，絕不會驚擾到她們，可是一旦將這夥人人贓並獲，姜大人，你就有好戲瞧了。」

姜敏恍然大悟道：「他們是去營救鄭爽，可是也可以咬死了他們是要刺殺帝姬、王妃，到時候順藤摸瓜，追究起來，這便是天大的死罪！」

帝姬和王妃何其高貴，唆使人刺殺，抄家滅族都夠了；更重要的是，一旦宮中得知有人公然對平西王府動手，會怎麼想？若說此前對鄭國公還有幾分虧欠，覺得沈傲行事太過孟浪，可是這事一旦捅出來，那最後一點點的憐憫也會蕩然無存，而恰恰相反，平西王府的被刺，將讓沈傲得到更多的同情，一夜之間，沈傲就可以從一個劊子手搖身變成受害者。

姜敏道：「平西王高明，只這一條，御審就有八成的把握了。」

沈傲搖頭道：「這只是一樣，本王還準備了許多東西來等著鄭家和李邦彥冒出頭來，這一次御審，並不是要叫本王脫困，而是要將懷州黨一網打盡。」

姜敏不禁道：「平西王爲何不早和老夫說，倒讓老夫平白擔心了這麼久，看來這御審並非是殿下的禍事，反而是鄭家大禍臨頭的時候。」

沈傲用很是寂寞的口吻道：「除掉了鄭家，天下才能安寧，不過，這種人是殺不完的。」說罷打了個呵欠：「本王睏了，姜大人也早些歇了吧，明日還要啓程。」

姜敏點頭，道：「老夫告辭。」

拂曉的平西王府靜謐極了，連門房也還沒有起來，這時候清早的風冷得令人忍不住縮脖子，連平時走街串戶的貨郎也不見蹤影。

黎明前，恰恰是天色最灰暗的時候，整個汴京仍然籠罩在夜幕之中，空中點綴著幾顆搖搖欲墜的殘星，雄雞已經開始打鳴，再過半個時辰，天就要亮了。

一隊黑衣人出現在院牆之外。黑衣人中，爲首的一個正是鄭武。

鄭武陰沉著臉，在四周已經布好了探哨，他感覺時間緊迫，若是拖到天亮，一切計畫都要泡湯，於是低呼一聲：「翻過牆後有一處馬棚，不要驚嚇到馬，馬夫不到卯時三刻不會起來，大家迅速在這裡集結，再隨我走。」

其餘的黑衣人都是護衛出身，眾人應諾之後，便一個個搭起了人梯，迅速翻入院牆。

鄭武率先跳下去，隨即在馬棚裡等候。只一盞茶工夫，所有的護衛全部集結過來。鄭武抽出腰間的刀來，朝西南方向振臂，刀尖斜指，眾人一起隨著鄭武的方向躡手躡腳過去。

不知穿過多少屋宇，隨即，一處柴房顯露在鄭武眼前。鄭武眼眸一亮，隨即低呼一聲：

「就是這裡，門口有兩個校尉，迅速解決掉，帶了少爺便立即翻牆撤離。動作要快，我們至多只有一炷香的時間，誰要是拖了後腿，倘若被人拿了，到時候求生不得、求死不能！」

眾人應了，立即蜂擁過去，當先幾人提起了刀，飛快地貓腰過去。

鄭武一手提刀，身子飛快地朝柴房奔去。心裡想著，救回了鄭少爺，這件事便大功告成，眼看離柴房越來越近，他一腳將柴房的門踹開。

與此同時，幾個衝過去的人也立即動了手，刀槍出鞘，殺氣騰騰。

「少爺……」

鄭武正要叫一句少爺，可是他突然呆住了，黑洞洞的柴房裡，沒有少爺，卻有幾十支長矛對著他，長矛的主人很不客氣，臉上閃露著輕蔑之色。

鄭武後退一步，長矛就向前挺一挺，不遠處也傳出驚呼，鄭武斜看過去，才發現那幾個護衛已經仆然倒下，黑暗中，無數雙眼睛閃爍著光芒，安靜得連呼吸都像是停頓了一樣。

「撤！」鄭武招呼身後的護衛。

護衛們霎時亂了，像沒頭蒼蠅一樣的四散奔逃，這時候，四周銅鑼聲響起，許多聲音道：「刺客，刺客……捉刺客！」

這聲音刺破了拂曉，整個平西王府一下子驚醒了一般，突然間，四面八方湧出無數的人流，一隊隊校尉挺著長刀長矛出現，矛尖和刀鋒的寒芒幽暗，挾著刺骨的冰涼。

「拿下，全部拿下，帝姬有令，要活的！」

「全部跪下，頑抗的，殺無赦！」

拂曉的薄霧漸漸散去了一些，這些護衛們才發現，在他們的周圍，四面八方全是密集的人影，黑暗的綽綽人影發出嘩啦啦的甲片摩擦聲，從霧中殺出來，他們列著整齊的隊列，夾帶著不可一世的威勢，組成了一道道銅牆鐵壁。

「有詐！」

鄭武被幾十支長矛指著，感覺渾身冰涼，這才知道，自己所謂天衣無縫的計畫，原來早在別人的預料之中，鄭少爺只是一個誘餌，根本就不在王府。

他心中悲憤到了極點，大呼一聲：「士可殺不可辱，想活捉我哪有這般容易？」接著將手中的長刀反握，飛快地向自己的脖子抹去。

「鏘！」一柄長矛剎時飛來，擊中了鄭武的長刀，接著數十個校尉一齊大喝，赤手撲上將他壓在地上，令他動彈不得。

其中一個隊官模樣的人走到他的面前，蹲下身，摘下他臉上的蒙面巾，端詳著他的臉，哂然笑道：「想死，哪有這般容易？知道這是什麼地方嗎？來，押起來，好生地看著，要留他的活口。」

其餘的護衛沮喪地跪倒在地，有的還想負隅頑抗，試圖逃出去；對這些人，校尉們一點都不客氣，一擁而上，就地斬殺。

天漸漸亮了，這時，一隊校尉簇擁著幾個婦人過來。爲首的一個戴著鳳冠，披著霞衣，繃緊著俏臉，婀娜的身材被一品誥命服掩飾住，正是安寧。

安寧一改從前懦弱的性子，今日卻表現得很是端莊，她的身後分別是蓁蓁、周若、春兒、茉兒幾個，一旁的校尉不敢過分靠近，都保持著半丈的距離。

安寧蓮步到了不遠處便駐了足，臉上帶著淡淡的表情，想必是天色有些冷，連她的俏臉都凍得暈紅。

一名營官模樣的人飛快地小跑過來，單膝跪下道：「殿下，人已經全部拿住了。」

「有多少人？」

營官道：「總共五十一人，當場格殺了十四個，其餘的全部被俘。」

安寧冷聲道：「平西王剛剛待罪，就有人欺到我們平西王府，是誰這麼大的膽子？這件事一定要徹查到底，來人，立即備好車馬，本宮要入宮，親自面見父皇陳說此事。

這些人看押好了，還要細細審問。」

她雖是用著極冰冷的態度說出這番話，可是說到後來，底氣便有些弱了，一雙汪汪的眼眸不禁落在蓁蓁、春兒身上，頗有些求救的意思。

春兒畢竟是在外頭見過風浪的人，見安寧有些不太自然，便正色道：「把人暫時押到柴房去，綁結實了，待帝姬去宮裡見了駕，自有處置；另外，從今日起，武備學堂調五百人來，日夜輪替守衛王府，以防宵小之徒趁機胡爲。」

蓁蓁眼眸中閃過一絲狡黠，道：「這件事大家都看到了，他們這麼多人，帶著刀槍，絕不會是尋常的宵小之徒；依我看，他們背後一定有人指使，是要刺殺王府女眷！」

周若惱怒地道：「王府一定要追究到底，不管是誰，敢做出這種事，都要嚴懲。」

營官連忙道：「諸位王妃娘娘放心，一定不會出差錯。」

幾個夫人才旋身出去，她們都穿著一品誥命的禮服，在眾人拱衛之下到了門房處，隨即，一輛輛馬車已經等待好了，眾夫人分別上車，飛快地向宮中而去。

第一三一章 情勢逆轉

聽到祈國公三個字，所有人不禁駭然，

祈國公周正還在大理寺待罪，

這個時候怎麼會突然覲見？

莫非……從陛下對平西王口氣的逆轉，

再到祈國公的被釋放，這一場刺殺，

真正的得利者不啻是平西王。

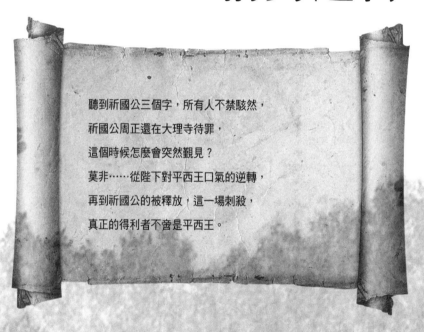

這麼大的事，消息很快地傳了出去，最先是楊戩的府邸，這一夜楊戩本不當值，所以在宮外的府邸裡歇腳，一聽了這動靜，立即起了床，口也不漱，便問報信的人：「小姐如何？」

報信的家人道：「安然無恙。」

楊戩吁了口氣，道：「快，備車……入宮。」

不止是楊戩，周家、唐家也都驚動了，連晉王府裡也不安生了，趙宗眼睛一瞪，不禁問：「是誰這麼大的膽子？竟敢刺殺平西王府的女眷？」

報信的人當然是搖頭。

趙宗連忙撫著胸口，道：「好險，好險，好在紫蘅沒有急著嫁過去，若是在這個節骨眼上出了事，那我這做爹的就沒法活了。」

晉王妃面色一冷，柳眉微微下壓，道：

「這是什麼話！紫蘅已經許了平西王，雖說現在平西王待罪，可既然定了親事，紫蘅就是平西王府的人，如今平西王府鬧出這麼大的事，咱們晉王府難道能袖手旁觀？若是有朝一日，紫蘅嫁了過去，再鬧出這麼大的事，到時候後悔也來不及了。」

趙宗連連點頭，道：「愛妃說的有理。」

晉王妃道：「既是有理，還愣著做什麼？快換了衣衫入宮去，這件事決不能再有下次。」

趙宗懶洋洋地道：「這就不必了吧，這麼冷的天，又是大清早；再者說，安寧不也是皇兄的愛女，由她去說不是一樣嗎？多我一個也是畫蛇添足，愛妃，我能不能再睡個回籠覺？啊呀呀，年紀大了吃不消啊，這把老骨頭經不得折騰。」

晉王妃沒好氣地道：「叫你去，並非只是叫宮中嚴懲，更緊要的是要表明我們晉王府的態度，讓人知道，平西王府就算遭了難，也不是好欺負的。」

話說到這個份上，趙宗知道不去是不成了，於是嘻嘻笑道：「原來還有這一層意思，愛妃說的有理。」

晉王妃不禁失笑道：「王爺就不能換個詞兒？」

趙宗肅容道：「愛妃說的實在太有道理了！」

晉王妃便笑，趙宗脖子一縮，道：「我這就去換了朝服，要和皇兄好好說一說，這麼大的事，皇兄若是置之不理，我非不和他干休不可。」說著，人已跑到臥房去了。

萬歲山與宮城比鄰，總共兩個入口，一個是開向宮城，供宮中貴人出入，另一處則是朝向永樂坊。

永樂坊聚集著不少高官的宅邸，朝向永樂坊的叫神華門，門禁森嚴，四處都是殿前

禁衛，神華門前門可羅雀，看不到一個人影，尋常的百姓就是在這裡逗留也要被盤查一番：遇到支支吾吾的，可以直接帶到大理寺去審問，所以大多數人經過這裡，都會加緊腳步。

這時候，數輛馬車在一隊校尉的簇擁下過來，殿前衛與校尉的衣甲大致差不多，只是佩刀不同，校尉胸口多了幾個徽章，校尉們簇擁著的馬車也華麗得緊，殿前衛哪個不認得？一看就是平西王府出來的。

一個殿前衛虞候不敢怠慢，小跑著過去，單膝在馬車前跪下道：「不知來的是哪位貴人？」

馬車裡頭傳出安寧的聲音，安寧驚聲道：「我是安寧帝姬，現在要覲見父皇，快快讓開。」

虞候心裡叫苦，卻不肯側身讓出道來，道：「帝姬恕罪，陛下此前就說了，平西王府的人一概不見，一切都等平西王回了汴京再說。」

趙佶做出這個決定，不過是怕有人來替沈傲說情，他自知爲人優柔，被安寧哭哭啼啼的一鬧，說不準就要許諾什麼，於是乾脆耳不聽爲淨，且先熬到御審再說。

馬車裡一下子沒有了動靜，安寧這時也有些慌了，一雙美眸顯得有些沒有主張，目光落在同車的周若身上，周若卻是柳眉一蹙，道：「放肆，陛下哪裡說過這種話？」

虞候垂著頭道：「確實有旨意，請娘娘恕罪。」

周若卻道：「既然說不見平西王府的人，那沈駿是不是平西府家的？爲何還在萬歲山上日日面聖？」

這一句話把虞候問得啞口無言，誰知周若言語又變得輕柔起來：「這一次進宮，是王府出了大事，要請陛下爲我們這些女兒輩的做主，若是耽誤了大事，只怕你也吃罪不起。」

那虞候還在猶豫，心裡想，不管怎麼說，他們也是一家人，我今日若是攔了，沒準將來還要見罪，於是道：「不如讓末將前去稟告一下。」

「不必稟告了！」不遠處，三個人打馬而來，一個是晉王趙宗，一個是楊戩，另一個則是唐嚴。

這三人恰好在不遠處撞到了一起，雖沒有招呼，卻默契地一起過來。剛剛說話的是楊戩。楊戩道：「出了大事，要立即稟告陛下，事急從權，就請將軍給個方便吧，若是陛下怪罪，咱家頂著。」

這虞候抬眸一看，一個是內宮的首領太監，一個是嫡親的親王，另一個是國子監祭酒，內宦、宗室、清議的頭頭腦腦居然都來了，哪裡還敢說什麼？只好側身讓到一邊。

眾人一起到了宮門，落馬下車，浩浩蕩蕩地朝萬歲山上去。

女眷們上山畢竟多有不便，一路蜿蜒的石階足有千道之多，所以趙宗、楊戩、唐嚴三個當先，後頭的女眷則是慢悠悠地上去，之後連穿著二品誥命服的周夫人居然也來了，門口的禁衛又攔住，卻被前頭要上山的安寧等人看到，叫人迎了進來。

這些不速之客氣勢洶洶地上了山，早有內侍通報，趙佶不禁滿是狐疑，抬眸道：「怎麼一起往這山上跑？是不是出了事？」

楊戩倒沒什麼，晉王趙宗卻是令趙佶頭痛的人，此外，那唐嚴突然上山來做什麼？更不必說平西王的眾王妃和周國公的夫人，這些都是一時顯貴之人，連通報都不必就上山，當然是有事要說。

「莫非是爲沈傲求情？」趙佶陷入沉思，在他臥榻上的，正是酣睡中的沈駿，趙佶看了他一眼，打起精神，讓奶娘將小孩子抱到後堂去，省得待會兒驚著了他。

過了一會兒，趙宗、楊戩、唐嚴三人跨步進來，行了禮。趙佶看了他們一眼，淡淡地道：「不必多禮。若你們是爲沈傲求情而來，就不必開口了，朕已經有了計較，況且旨意已經頒發，君無戲言，御審之事是斷不容更改的。」

趙佶拿起桌上的一碗茶盞，心裡說，今日將你們的話先堵死，看你們如何說。

誰知楊戩道：「陛下，爲的不是平西王的事。」

趙宗道：「皇兄，平西王府出大事了！」

趙佶的手不禁顫了顫，安寧剛回王府，這時候出事，莫非……

還是唐嚴謹慎一些，想了想措辭，道：

「今日拂曉，數十名賊人提刀入王府，欲行不軌，幸好被王府護衛察覺，這些凶徒號令如一，身手矯健，絕不是尋常的市井潑皮，如今人已經拿住，可是微臣以爲，如今這個風口浪尖，平西王剛剛待罪，就有賊人如此，只怕背後並不單純，還望陛下徹查此事，否則一味姑息，難保再有此類情事發生，這次幸好及時察覺，若是王妃和帝姬有什麼差池，只怕悔之莫及了。」

趙宗咬牙切齒地道：「天子腳下，什麼人有這麼大的膽子敢摸老虎的屁股？沈傲那混賬固然待罪，可還是親王，更何況，宅中還有諸位王妃，有本王的安寧侄女，如此放肆，難道不怕王法嗎？」

楊戩見趙佶的臉色鐵青，趁機道：「陛下，今次是平西王府，下一次只怕是宮城了。」

趙佶氣得嘴唇也打起哆嗦，安寧就在王府裡，正如唐嚴所說，幸虧察覺及時，若是真有什麼差池，這還了得？

趙佶狠狠地將手中的茶盞投擲於地，勃然大怒道：「放肆！平西王只是待罪，他們就敢如此，若是坐實了罪名，豈不是要上房揭瓦？連王府都敢動，他們這是要做什

麼？」

唐嚴和楊戩已經跪下，一起道：「此事實在駭人聽聞，前古未有，斷不能姑息。」

趙宗左看看右看看，發現所有人都跪了下去，才後知後覺地也跪在地上道：「皇兄，今日有人敢殺進平西王府，明日就有人敢殺到晉王府來，陛下若是不嚴懲，以儆效尤，臣弟只好捲了舖蓋，帶了家眷進宮來避難了，這宮外是萬萬不敢住的。」

趙佶又好氣又好笑，原本還是一股子怒氣無處發洩，這時被趙宗一番話弄得尷尬無比。

正在這時，安寧幾個總算到了，趙佶快步過去，仔細端詳安寧，道：「安寧受了驚嚇嗎？」

安寧只是繯首低泣，身後的周若也是淚眼婆娑地道：「請陛下為我們做主。」

春兒言辭最是厲害，道：「陛下，歹徒如此，定是有人指使，此人這般大膽，必然不是尋常人物，陛下若是不聞不問，臣妾人等寧願辭了這誥命，遷居他處，再不敢住在這汴京。」

趙佶被一群人圍著，又見安寧如此，女眷們都是惶恐之狀，怒氣又升了上來，道：「朕當然不姑息，不管是誰指使，朕定嚴懲不饒！」

正是此時，趙宗突然冒出來一句：「皇兄說是這般說，說不定等知道凶徒是誰，又改口了。」

趙佶不禁氣結。

恰在這時，外頭有人道：「太后駕到。」趙佶頓時頭痛，他最怕麻煩，沒曾想偏偏還是躲不過，他只好挽著安寧的手，迎接太后鳳駕。

太后也是方才聽到消息嚇了一跳，於是立即便趕了來。

她一進鸞鶴閣，臉上立即繃得緊緊的，冷哼一聲道：「皇上還在這裡偷閒？出了這麼大的事，爲何還不廷議，還不下旨嚴懲？」

趙佶心中叫苦，連忙道：「兒臣正要這麼辦。」

太后看了眾人一眼，挽著安寧的手道：「可憐的孩子，好端端的天潢貴胄，卻要受這樣的驚嚇，這還是天子腳下嗎？」

趙佶聽得臉上燒紅，不禁語塞。

太后在安寧的攙扶下坐到榻上，左右張望了一眼，道：

「這裡倒是清靜，也難怪官家樂不思蜀。哎，平西王有罪，陛下懲處這也是應當的，可是他是親王，也是外戚，不管怎麼說，總不能叫別人欺負到頭上來，這件事不但要管，而且要殺雞儆猴，牽扯到的人該怎麼處置，陛下應有決斷。」

趙佶怒氣沖沖地道：「這般的惡行，朕怎麼能姑息？沈駿將來還要住在王府，若是往後再出這樣的事，朕的外孫豈不是也要被賊人殘害？若是查出背後的人，朕一定殺之後快。」

晉王趙宗大叫道：「在天子腳下行刺王妃、帝姬，這就是謀反，可以誅族。」

太后也頷首點頭道：「不錯，平西王府是什麼地方，雖比不得宮城內苑，但也是禁地，裡頭住著的，哪個都不比嬪妃低賤，官家，你怎麼說？」

趙佶道：「徹查，誅族，但凡牽連的，朕一個都不會放過。」他回答得倒是痛快，涉及到自己的近親，也沒有什麼好客氣的。

又道：「既然涉及到了宗室，就由宗令府來審問。皇弟，你來做這主審吧，再調大理寺、刑部兩個官員在旁協助，一定要查個水落石出，不得有誤。」

趙宗道：「陛下放心，這種事交給皇弟就是，有皇弟在，一定水落石出。」

趙佶讓趙宗來處置，不過是安撫一下太后，其實本心上，他總覺得這皇弟不太靠譜，這時見趙宗拍著胸脯保證，也就不再說什麼，目光落在楊戩、唐嚴身上，道：「楊戩和唐愛卿也去聽案，有什麼消息，可以立即稟告。」

趙佶焦躁地道：「朕現在在想，沈傲還未問罪，就有人敢欺上門去，若當真定了罪，豈不是一家老小雞犬不寧？他固然有錯，但也是大功之臣，對朕亦是忠心耿耿，朕豈能讓他受了委屈？」他猶豫了一下，目光落在周夫人身上：「夫人可是祈國公家的？」

周夫人福了福身子，道：「祈國公正是家夫。」

趙佶道：「傳旨給大理寺，將祈國公放出來，官復原職，讓他以此爲戒，往後更該如履薄冰，小心謹慎。」

周夫人立即道：「臣妾謝陛下隆恩。」

趙佶擺了擺手，吁了口氣，撤掉御審，眼下是不可能的，君無戲言，若是朝令夕改，只怕朝中不服；可是這時將祈國公放出來，便是放出一個信號，讓人知道，陛下對平西王，對祈國公，還是念著情分的。

趙佶邊安慰安寧，邊還要聽太后的牢騷，晉王趙宗冷不丁又說出一句叫人哭笑不得的話，更要在唐嚴面前擺出一點威儀來，這般一攪和，整個人已經吃不消了。於是連忙下聖旨，令趙宗即刻查辦、楊戩、唐嚴聽案，接著又隨太后擺駕景泰宮，反而將安寧幾個暫時留在萬歲山。

各部各寺還有各殿的大學士全部傳召到了講武殿。

趙佶穿著一身袞服出來，珠冠之後的臉色很是不好看，他走上御座，臉色鐵青，待三呼萬歲之後，趙佶只是淡淡地點點頭，一雙眼眸透過珠簾在人群之中穿梭，隨即落在

一個官員身上，道：「京兆府府尹何在？」

一名官員出班，道：「陛下……」

趙佶冷冷地道：「平西王府出了這麼大的事，爲何京兆府事先沒有察覺？你這府尹是怎麼做的？來人，帶下去大理寺議罪，貶去瓊州任推官吧。」

府尹大人不曾想到禍從天降，連一點徵兆都沒有，京兆府府尹做得好，只消幾年便可入六部，至少也是個主事官，誰知剛剛上任不到一年，便被貶去瓊州做推官，錦繡般的前程只眨眼間便不見了蹤影。這時候心裡滿是淒涼，只好磕頭道：「微臣謝恩。」說罷，失魂落魄地出去。

一來就拿個府尹開刀，殿中群臣一時肅然，許多人還沒有聽到消息，尚不知發生了什麼事，因此不禁面面相覷。如今一點風聲都沒有，突然下旨廷議，又突然貶了京兆府府尹，這是什麼緣故？

倒也有些明白人，入宮之前就聽到了消息，這時心裡難免一驚，平西王還在待罪，怎麼平西王府就出了這等事？再看陛下這般怒氣沖沖的樣子，照這麼看，這平西王和宮中實在是打斷了骨頭連著筋，說聖眷盡喪都是笑話，還是如日中天才對。

一些牆頭草突然心中有了計較，呆呆地立在班中，生怕這時觸怒了天威。

趙佶從鑾椅上站起來，激動地用手指著下頭的兩班文武道：

「平西王乃是宗室，是皇親，是朕的左膀右臂，更是西夏攝政王，是誰？是誰這麼大的膽子，竟敢唆使人混入平西王府？朕要徹查，絕不姑息，但凡涉案的，全部誅族。朕以仁孝治國，以敦厚養士，你們就是這樣報效君恩？」

這一下，等於是把百官都罵了進去，於是眾人轟然道：「臣萬死。」

趙佶冷哼道：「自然有人萬死，沒有干係的，朕也不會冤枉，都起來，跪著做什麼？」

說著，趙佶在金殿上來回踱步，過了一會兒才站住，舉手朝天一指：「李邦彥！」

李邦彥早已聽得魂不附體，現在還不知道這件莫名其妙的刺殺案到底是平西王自導自演，還是誰動的手，不管怎麼說，他無論如何也逃不了干係。

「莫非是鄭家？」李邦彥心中叫苦，前些時日爲了撇清干係，他刻意不與鄭家人打交道，鄭克死了，總會有幾個不長眼的東西心中不服，派人刺殺也未必。若真是鄭家，那可糟糕了。

李邦彥萬念俱焚，乖乖地出班，跪在金殿之下，道：「臣在。」

趙佶狠狠地拍著御案道：「你是門下令，這就給朕出旨意，汴京城從即日起許進不許出，各衙門的三班快吏全部在城中盤查，天子腳下，有人敢做這等事，可見汴京城的宵小不知凡幾，要拿住一些，從重處置。」

李邦彥連忙道：「是。」

許多人心裡卻是想，這一下還真是殃及魚池，連潑皮都不得安生了，也不知是哪個做下的事，不知要害死多少人。

趙佶繼續道：「武備學堂的校尉從即日起輪班出動，負責拱衛平西王、晉王、齊王、越王等府邸，不得有誤！」

正說到興頭上，外頭有人道：「陛下，祈國公覲見。」

聽到祈國公三個字，所有人不禁駭然，祈國公周正還在大理寺待罪，這個時候怎麼會突然覲見？莫非……

這一場刺殺，真正的得利者不啻是平西王，從陛下對平西王口氣的逆轉，再到祈國公的被釋放，真不知是哪個吃了豬油蒙了心，居然行此下策。

過不多時，周正穿著紫金蟒服，戴著六梁冠正步進來，朝趙佶行了個禮，高呼：「吾皇萬歲。」

趙佶的臉色緩和了一些，坐回鑾椅上道：「周愛卿免禮，太原之事，朕念你勞苦功高，決意不再追究，你暫且回家思過，一個月之後，朕再重新委你職事。」

周正的臉上看不到表情，他雖然被放出來，卻聽說平西王被鎖拿了，原本長輩應當提攜後輩，誰曾想還要後輩營救；而自己相安無事了，倒是令後輩身陷牢獄。

這時他也不好說什麼，只好道：「謝陛下。」說罷，退入班中，與石英站在一起，石英與他對視一眼，二人默契地微微點了下頭。

這一場朝會，實在令人有點兒心驚膽戰的味道，官家雷霆大怒，屢屢訓斥，居然是喋喋不休地說了半個時辰，這時候才知道，平時性子好的皇帝發起怒來也是令人吃不消的，待趙佶宣布退朝，眾人才鬆了口氣。

李邦彥看了被人圍攏著道賀的周正一眼，什麼也沒說，快步地出宮，外頭早備好了轎子，他坐上轎子，心急火燎地道：「去鄭府，要快！」

平西王府遇刺一事，已經傳遍了整個汴京城，誰也不曾想到，好端端的一個御審還沒開始，竟橫生枝節，又突然多出了一個驚天大案。

如今整個汴京城到處都是差役、禁軍，搜索宵小的蹤跡，一時之間，汴京上下，平時耀武揚威的潑皮一個個都變成了良民，往日窮凶極惡之人搖身一變，一個個老實恭順無比。

一時間，人心惶惶。

許多人猜測，這次只怕平西王又要躲過一劫了，殺了鄭國公，就算御審有罪，只怕最多也只是褫奪爵位而已，以沈傲的本事，過不了三五年，只怕又要一飛沖天。

至於鄭家，也有不少人關注，許多人紛紛猜測這次行刺的背後主使者，甚至於賭檔裡已經開了盤口，鄭家的賠率居然是十賠一，可見鄭家就算想撇清，也洗不脫干係。

到了正午時候，宮中又下達了一道旨意，各城城門許進不許出。這次實在令人大跌眼鏡，居然在短短一個時辰內連下三道旨意，處在漩渦之中的人都是憂心如焚。

第一三二章 請罪書

沈傲認真地看了這請罪書，

不禁感激地看了趙佶一眼，

這世上有人肯為自己寫這封東西，可見友誼深厚了。

更何況他這九五之尊，

一個一向只發號司令的人怎麼能寫得了這個，

想必在動筆之前，肯定費了一番工夫。

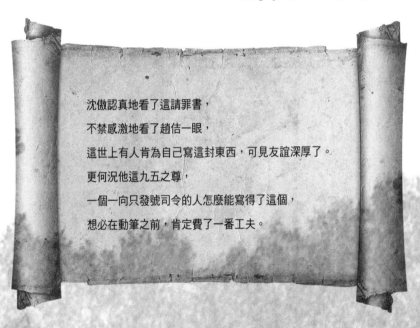

一頂轎子沒有從前面的中門進去，而是從後門直接抬進。這裡是鄭家的另外一處宅子，比之那座高門大宅實在黯淡了許多。轎子穿過柴房、後宅，才到了前院。

鄭家老小十幾個人都在前堂裡，反倒是鄭二爺沒有來，其餘的以鄭楚爲首，正在七嘴八舌談論著。

「大哥，你說句實在話，那些人到底是不是你叫去的？這麼大的事，你就是要瞞也瞞不住，難道非要等到大禍臨頭才肯說嗎？」

「放你娘的屁，我什麼時候派了人去？那些人和我一點干係都沒有，在這個風口浪尖上，你當爲兄是傻子嗎？」鄭楚的脾氣本就不好，聽到有人疑心於他，早已勃然大怒了。

鄭楚道：「眼下就是不是我們鄭家做的，也難免會被人疑心到我們頭上來，現在鬧得動靜這麼大，大家總要拿個主意才好。」

鄭家兄弟一陣沉默，外頭有人道：「李邦彥李門下來了。」

從前鄭克在的時候，李邦彥對鄭家的態度客氣到了極點，而如今物是人非，聽到李邦彥這三個字，鄭家兄弟哪裡敢怠慢，連忙步出廳來，果然看到李邦彥踱步過來。

鄭楚率先拱手道：「門下一向可好？」

李邦彥陰沉著臉，道：「平西王府的事是誰做的？」

這一句問得很不客氣，鄭楚不禁哭喪著臉道：「方才我們就在說這個事，到底是誰吃了雄心豹子膽，這個時候挑起事來。」

眾人一起進入廳堂，分賓主落座，李邦彥冷聲道：「除了鄭家，還有誰會做這種事？」

鄭家兄弟一時無言，鄭楚道：「或許是那姓沈的周瑜打黃蓋也未必。」

李邦彥卻是搖頭，慢吞吞的道：「來時老夫也是這般想，可是現在想來，卻也未必。這件事鬧出來一定要徹查的，誰肯冒著抄家滅族的風險去給那姓沈的做馬前卒？這幾十個活口，若是詳加審問下來，難道還怕他們不如實招供？若是牽連回平西王身上，到時候姓沈的只怕是偷雞不成蝕把米了。所以不會是平西王。」

鄭楚覺得有理，不禁苦笑道：「李門下明察，真的不是鄭家，我們幾個兄弟絕不會說假話的。」

李邦彥左右看了一眼：「爲何鄭二爺沒有來？」

經李邦彥一提醒，許多人才發現鄭富果然沒有到，鄭楚便對一個家人道：「去把二叔請來。」

「不必請了。」外頭有個聲音傳出，接著，說話的人跨檻進來，面如死灰的道：「人是我派去的。」

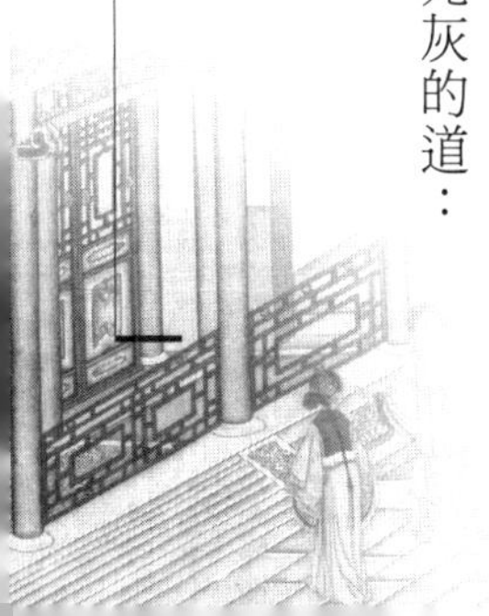

鄭楚等人一聽，嚇得連手中的茶盞都拿不住，一個個臉色驟變。

鄭楚道：「二叔，你這是糊塗了，你可知道，就因爲他們，要給咱們鄭家招來多大的禍事？鄭家百年的基業，今日就要毀於一旦了。」

李邦彥眼中閃過一絲疑惑，這時他反而不信了，鄭富常年在外走動，人情世故、事情輕重豈會不懂？刺殺平西王府家眷，這是百害而無一利的事，做成了，殺了王府家眷又如何？做不成，更是不知多少人頭落地。鄭富活了大半輩子，豈會連這個都想不明白。

鄭富失魂落魄的進了廳堂，尋了個空位坐下，咬著唇道：

「確實是我指使的，領頭的叫鄭武，是我們鄭家豢養的武士，其餘的護衛也都出自鄭家。我……我……我打聽到爽兒被人押在平西王府柴房，心裡便想，那沈傲既然待罪，又遠離汴京，這個時候，平西王府人心惶惶，所以想趁著這個機會把爽兒救回來，誰知道……誰知道竟是落進了姓沈的圈套，我……」

鄭楚拍案而起，大罵道：「二叔是要去救堂弟，可是這件事說了誰會信，這些人帶著兵刃進了平西王府，若是他們一口咬定了是刺殺王府家眷，我們鄭家便是有十張口也解釋不清！」

鄭富重重的垂頭，什麼都不敢說，以他的心智，若不是因爲獨子生死未卜，絕不可能做出這等蠢事，偏偏對鄭富來說，鄭爽是他人生最大的希望，沒了鄭爽，這身家性命也沒有了多少意義，所以覷見了機會，便是有風險，他也會毫不猶豫的冒險。如今人沒有救回來，居然事情鬧到這個地步，他還能如何？

李邦彥不禁搖頭，手指著鄭富道：「二爺，你真是糊塗，糊塗……」他舔了舔嘴：「可是事到如今，再說什麼也沒用，在天下人看來，二爺派的人，就是鄭家派的人，便是李某也脫不了干係，派出這麼多人，總會有人招供，到時候，就等著這滔天大禍來吧。」

鄭楚嚇得臉色驟變，道：「李門下，當真有這麼嚴重？」

李邦彥冷笑道：「老夫就是從講武殿裡來的，陛下已經開了金口，誰在背後指使，無論是誰，誅族！」

鄭楚嚇得臉色蒼白，不禁道：「怎麼會這般的嚴重，二叔……你害死我們了。現在該怎麼辦？」

「怎麼辦？」李邦彥長身而起，拂袖道：「只有天知道，眼下當務之急，是儘量除掉沈傲，沈傲死了，鄭家才有生機，但願你們府上的那些人能咬住牙關，多撐一刻，御審的時候，姓沈的無論如何都要死，否則……」李邦彥冷笑一聲，拂袖而去。

鄭家上下，已是個個身如篩糠，才幾個月功夫，自從惹上了那姓沈的，鄭家就沒有

過一日的安寧，先是鄭爽，再是鄭克，如今……

鄭楚站起來，跺跺腳，朝向鄭富道：「你做的好事！」便也走了。

一干人紛紛散去，鄭家又蒙上了一層陰影。

「前面就是汴京了，殿下，進了城，少不得要委屈一下，到大理寺坐一坐。」

前方巍峨的城牆已經現出輪廓，姜敏放下了馬車的車簾，對同坐的沈傲說道。

沈傲不以爲意的點點頭，笑道：「難得清靜幾天，如今又要捲入是非裡去，本王真是厭倦了。」

姜敏呵呵一笑：「殿下小小年紀便如此厭世，豈不是教姜某慚愧。」

沈傲撇撇嘴，打起精神道：「談不上什麼厭世，厭倦歸厭倦，可是該做的還是要去做，有人就有江湖，誰也躲不開，本王唯一要做的，就是在這是非之中永遠得勝下去，永遠不被人打倒。」

姜某頷首點頭道：「趕考的書生要與人相鬥，才能有步入天子堂的機會。來去匆匆的商賈也要與人競爭，才能掙來萬貫家財，便是農人耕作，也要與鄰人爭奪水源，人如此，家如此，事事都是如此，人生在世想要與世無爭，這是癡心妄想，殿下這般想就對了。」

沈傲呵呵一笑，道：「姜大人似有感觸？」

姜敏肅然道：「今早剛剛接到的消息，說是果然有人偷襲平西王府，宮中震怒，廷議上，陛下大發雷霆。頃刻之間，殿下的形勢就已經逆轉，所以老夫對殿下實在佩服，翻雲覆雨之間便佔據了主動，如今愁眉不展的，該是鄭家了。」

沈傲微微搖頭，道：「這只是壓垮鄭家的最後一根稻草，真正要除掉他們，單靠這個還不夠。」

「不夠？」姜敏一頭霧水，道：「老夫聽說，陛下已經開了金口，若是查實了幕後之人，不論是誰，都以誅族論處。」

沈傲吁了口氣，道：「官家這人性子軟，鄭家又有個鄭妃在宮中，陛下一向寵溺，若是鄭妃哀告，以陛下的性子，這件事也許會不了了之，只怕也不會嚴懲。更何況，這畢竟只是雞鳴狗盜的手段，本王要堂堂正正的除掉鄭家。」

姜敏不禁動容，道：「莫非殿下已經有了謀劃？」

沈傲淡淡一笑，道：「干係著沈某人的身家性命，本王會開玩笑嗎？本王與鄭家已經水火不容，留姓鄭的多活一日，便如坐針氈，不徹底剷除他們，本王連睡覺都睡不香。」

姜敏苦笑道：「幸好老夫沒有得罪殿下，否則今夜也睡不著覺了。」

沈傲也笑了起來。

一行人進了城，今時今日當然沒有人來迎接，可是行人見到從太原回來的車馬，一隊隊的殿前衛和被押解回來的校尉，不禁將去路圍了個裡三層外三層。

有人在人群中高叫：「來的可是平西王？」

自然沒人回應他們，可是這些人倒也不以爲然，繼續道：「鄭克那廝殺的好！」

這人實在大膽，若是被京兆府的差役聽了，多半是要拉去京兆府打板子的。其餘的人見這人這般的勇氣，居然也勇氣倍增，一起轟然叫好。

殿前衛不得不在前驅人，趕出一條道路，直接往大理寺去。

大理寺已經忙壞了，突然押來了這麼多人，大理寺哪裡收容過這麼多人犯，於是一面給刑部下條子，一面押校尉到刑部的大獄去，而沈傲和一些營官、中隊官則在大理寺看押。

沈傲自然是和大理寺的差役們認得的，見一個胥吏來攙他，不禁笑嘻嘻的道：「我認得你，你叫朱……朱什麼來著？」

這胥吏苦著臉道：「回殿下的話，小人叫朱時。」

沈傲嘻嘻笑道：「對，就是朱時，老兄還在做這小吏？哎，本王依稀記得，那時候本王還只是個寺卿還是什麼，如今已經連升五級不止，不曾想朱時兄居然還在這裡做個小吏。年輕人，光陰似箭啊，人的生命是有限的，要多做些有意義的事。」

朱時苦著個臉，這位平西王是最難伺候的，當年還在做寺卿的時候，就已經把人折騰的死去活來，如今天知道又會鬧出什麼事。

沈傲大剌剌地在大理寺後牆處一座幽靜的院落住下，這裡的陳設雖然簡單，卻也乾淨整潔，前後兩進的屋子，外頭是個小廳，裡頭是臥房，廳裡還鋪了地毯，放了炭盆，紫檀香爐散發著幽香。

不止如此，靠窗處還有一排書架，除了一部分稗史野集，居然還有幾份最新的邃雅周刊，可見大理寺的胥吏們準備得還算周到。

專職看押的總共是兩個，一個是朱時，另一個叫六兒。這二人勉強擠出笑容，這個打恭那個作揖，倒是讓沈傲有些不太好意思了，沈傲揮揮手道：

「我是犯官，你們這麼客氣做什麼？不知道的還當我是欽差呢，這裡不必你們照顧，該怎麼辦就怎麼辦，別人是什麼樣子，本王就該什麼樣，不要搞特權。」

朱時、六兒笑嘻嘻地道：「哪裡的話，殿下是什麼人？怎麼能和犯官們等同，殿下只是虎落平陽而已，早晚還是要出去的，小人們能伺候殿下，真是一輩子修來的福分。」

「噢。」沈傲恍然大悟，道：「原來是這樣的，既然如此，本王也就不客氣了，再叫一個人來，咱們打雀兒牌，你們也不容易，賭局小一些如何？就二十貫一局吧，你們不會合起夥來欺負本王吧？」

平西王的牌技誰不知道？尤其是這大理寺，不知多少人栽在這位王爺手裡，朱時和六兒立即面如土色，一齊跪下，道：「小人們該死，王爺恕罪則個。」

沈傲眼睛一瞪，道：「怎麼？你們方才說的話不算數？」

朱時訕訕道：「小人們哪裡敢和王爺打牌？這……這……小人給您斟茶去。」

另一邊的六兒道：「小人一年的年俸也不過二十貫，哪裡玩得了這個？王爺說笑。」

正說著，外頭傳出威嚴的聲音，道：「是誰要打牌？你要打，朕陪你打。」

話音剛落，從門檻外進來一個人，身後還有幾個侍衛和公公，趙佶穿著一件便衫，突然出現在沈傲眼前。

這皇帝來得實在太過突然，想必是先前就和大理寺打了招呼不許傳報的，沈傲呆了一下，看到趙佶的鬢角有點兒斑白，又想及自己現在的身分，不禁百感交集，畢恭畢敬地行了個禮，道：「罪臣沈傲見過陛下，陛下萬歲。」

趙佶先前還是板著臉，這時表情也輕快起來，眼眸中閃過幾絲溫色，連忙將沈傲扶起，道：「這裡沒有外人，不必多禮。」說罷對左右道：「你們都出去，朕有話要和沈傲說。」

其餘人躡手躡腳地出去，閉上了門，屋子裡只剩下趙佶和沈傲。

趙佶左右打量了這屋子，不禁笑道：「住在這兒倒是清靜，看來大理寺是費了一番功夫。」

「陛下近來可好嗎？」

趙佶收回目光，大剌剌地尋了個椅子坐下，隨手拿起一旁書櫃的書來翻閱，一面道：「不好，太原鬧出這麼大的事，朕能好到哪兒去？」

沈傲也坐下，雙手壓住膝蓋道：「罪臣過得也不好。」

趙佶聽他這麼說，便道：「朕倒是聽說你在太原過得不錯，又是斬知府，又是殺都督，連鄭國公也讓你殺了。」

沈傲一時無語，趙佶的言辭中頗有幾分調侃諷刺，越是這樣說話，恰恰也證明趙佶此時已經消了氣，若是對這事耿耿於懷，只怕就不會拿這等事來調侃了。沈傲正色道：「陛下，殺人固然痛快，但也不是什麼愉快的事，罪臣若不是迫不得已，也絕不會動用這種手段。」

趙佶搖頭道：「朕不想聽你解釋，你要說，就在御審的時候說，朕今日來，是來訪

友的，好友身陷囹圄，朕總要來看看。」他不禁道：「這裡怎麼沒有筆墨？待會兒朕叫人送來，沈才子無筆無紙，豈不寂寞得很？」

沈傲也就收了心，笑嘻嘻地道：「要筆墨做什麼，做了這井底之蛙，便是有妙手，也作不出好畫了。」

趙佶若有所思地頷首點頭，道：「這倒也是，在這裡住得慣嗎？若是住不慣，朕大不了網開一面，讓你回府待罪面壁就是。」

沈傲搖頭道：「罷了，陛下有陛下的難處，若是讓罪臣回府，難免又會有人說三道四。」

趙佶吁了口氣，站起來，推開這屋子裡的一個小窗，看著外頭光禿禿的枝椏，道：「你能明白朕的處境就好。」

他方才還說不提公事，這時候卻又忍不住道：

「你太糊塗了，殺一個知府，朕能當做沒有看見，殺都督文仙芝，朕會給你小小懲戒，讓你閉門思過，過一年半載，照樣官復原職。可是你殺的是鄭國公，鄭國公是國丈，更不是你的屬官，你爲什麼殺他？朕就是想保全你，只怕也有心無力。鄭妃在宮中雖然什麼也沒有說，可是朕見她茶飯不思，心裡也難受得很。別人都可以殺鄭克，唯獨你不成，你是駙馬都尉，是朕的女婿，鄭國公是國丈，世上哪有自家女婿殺了自家岳丈的？」

他不讓沈傲有繼續說話的機會，接著道：「如今朝廷上下已經議論紛紛，你說說看，朕該怎麼辦？」不待沈傲回答，他繼續道：「眼下只有兩條路，就看你怎麼選了。」

似乎覺得窗外的風有點冷，趙佶黯然地將窗戶合上，重新坐回位上，與沈傲四目相對道：「第一條，就是仍舊御審，若當真有罪，朕也保不住你，只怕到時候只能依律是問了。」

「至於第二條路，朕已經爲你安排好了，你立即上書請罪，具言自己的罪狀，並去向鄭家賠罪，態度要誠懇，朕會知會鄭家一聲，讓他們把這齣戲演好，到時候朕再以你有悔過之心，且鄭家又願意不計前嫌，暫時褫奪你的爵位，令你在家待罪一年，一年之後，朕再下旨意，徵你入朝。」

他從袖中抽出一份奏疏來，遞給沈傲，道：「朕知道這第二條令你爲難，也拉不下這面子，可是你要爲自己的家眷想想，爲安寧和沈駿多想想，這份奏疏是朕爲你寫的，你若是點了頭，便將這奏疏遞交到大理寺，再由大理寺送到門下省去。」

沈傲接過奏疏，不禁無語，這是趙佶仿了自己的字跡寫的請罪疏，洋洋上千言，字字如刀，說自己實在萬死，居然情急失手殺死了鄭國公，如今木已成舟，罪惡昭著之

類。沈傲的行書多變，想要僞造，也只有趙佶這等行書大家才能僞個八九不離十，雖然有幾處地方筆法生硬，但若不細看，誰也看不出端倪。

趙佶從一開始就決心讓沈傲做第二種選擇，所以連請罪書都已經替沈傲寫好，滿心希望沈傲乖乖認罪。

沈傲認真地看了這請罪書，不禁感激地看了趙佶一眼，這世上有人肯爲自己寫這封東西，可見友誼深厚了。更何況他這九五之尊，從未寫過這類的奏疏，一個一向只發號施令、撰寫旨意的人怎麼能寫得了這個，想必在動筆之前，趙佶肯定費了一番工夫。

沈傲忍不住有點感動，甚至在一刹那之間，生出一絲動搖，心想：只要認個錯，便是殺了鄭國公，最後也可以不了了之，這樣的好事到哪裡找去？

趙佶怕麻煩，沈傲何嘗不怕麻煩？可是隨即沈傲就打消了這個主意，他正色道：

「陛下，罪臣要說，罪臣沒有錯，既然無錯，又爲什麼要認錯？罪臣寧願參加御前審問，並希望陛下將太原的事查個水落石出，若當真是罪臣有罪，罪臣願意伏法。」

趙佶眼眸中閃過一絲失望，不禁惱怒地道：

「朕要的不是水落石出，要的是相安無事，你有沒有錯，只要認了，就仍舊是平西王，這樣豈不是好？爲什麼一定要爭這個義氣？你當朕爲你寫這份奏疏容易嗎？好，你要御前審問，朕就遂了你的心願，到時候若是你當真有罪，朕也決不寬恕。」

他怒氣沖沖地說了幾句話，最後語氣緩和下來道：「這是你自己的決定，朕也不好干涉，罷罷罷，由你吧。」

趙佶顯出了幾分疲態，有氣無力地坐在椅上，喝了口茶，才慢吞吞地又道：「再過四天就是御審，要不要朕讓沈駿來看看你？讓你見見孩子？」

沈傲沉默了一下，這個素未謀面的孩子，他倒是真想見一見，可是最終他還是搖了搖頭道：「一切的事，都能有水落石出的一天，罪臣也會給陛下一個交代。」

趙佶點點頭，寬慰他道：「你不必憂心，朕的心裡還是向著你的，鄭妃那邊，朕不會偏頗她，你好生在這裡歇息，多讀讀書，讀書養性。說起來，朕讓你去太原，卻也辛苦了你。」說罷站起來，道：「天色不早，朕要回宮了。你想打雀兒牌？」

沈傲失笑道：「我和那兩個胥吏開玩笑的。」

趙佶不由哂然笑道：「到了這個關頭，你居然還開玩笑。」說罷揚長而去。

沈傲靜靜地在這屋子裡坐了一會兒，又看了一眼請罪書，將這請罪書丟進炭盆去，書冊立即燃燒起來，發出一股濃煙。

沈傲站起來，失神得想要出去，可是隨即苦笑，才想到自己如今還是待罪之身，這屋子豈能說出去就出去？於是又坐回去，對外頭道：「來人！」

朱時立即小跑著進來，作揖道：「殿下有何吩咐？」

沈傲嚴肅地道：「本王做了一個艱難的決定，決心不找你和六兒打雀兒牌了。」
朱時哭笑不得，連忙道：「殿下體恤小人，小人心中感激不已。」
沈傲道：「不過話說回來，待在這裡真沒什麼意思，能不能爲本王請幾個唱曲的來？」
朱時目瞪口呆，道：「殿下，這不太好吧？」
「不好嗎？」沈傲理直氣壯地道：「本王又不是狎妓，只是聽聽曲兒，有什麼不好？犯官就不能聽聽曲兒，陶冶陶冶情操嗎？」
朱時猶豫了一下，才道：「小人得和上官稟告一下，殿下少待。」
這朱時忙不迭地去尋堂官，堂官聽了，不禁道：「大理寺又不是青樓酒肆，這成何體統？」
朱時低聲下氣地道：「那小人去回絕了平西王？」
「混賬！」堂官大罵道：「你方才沒見陛下親自來探監嗎？這樣的人，你敢回絕？你有幾顆腦袋？不過……」他闔著眼道：「若是真尋了青樓女來，難保又會有人說三道四，既然是犯官，那就按犯官的規矩辦，教坊司到處都是犯官的子女妻妾，不如去請幾個姿色好的來，能吹拉彈唱的。」
堂官咳嗽一聲，正色道：「讓她們來給犯官沈傲講授她們的身世，讓犯官沈傲知道觸犯我大宋律法的害處。」

朱時聽得目瞪口呆，心裡想，果然是讀書出來的老爺，說話就是不一樣，教坊司裡都是犯官的子女，平西王是犯官，這不是和尚尼姑一家親嗎？

趙佶臉帶不悅的從大理寺出來，坐上了一頂密不透風的轎子，穿了便衣的禁衛、宮人簇擁著他往宮城方向走。

楊戩跟著轎子小跑，卻是心事重重，好不容易陛下給了沈傲一個機會，這沈傲居然不承這個情，這場官司就算真的打得贏，那鄭家和李邦彥誰知道會不會還留著後手？沈傲這小子實在太混賬了，到了這個份上居然還耍愣，到時候想後悔都來不及。

正胡思亂想著，轎中的趙佶道：「今日宗令府是不是開審那些刺客了？」

楊戩立即跑到轎簾子邊來，道：「陛……王相公，差不多已經開審了。」

坐在轎子中搖搖晃晃的趙佶噢了一聲，道：「現在是什麼時候？」

楊戩看了看天，道：「未時三刻了。」

趙佶道：「天色還不算太晚，來人，去宗令府，朕要去看看朕那皇弟如何審案。」

楊戩心裡不禁叫苦，那晉王斷案有什麼好看的，說不準晉王又發起什麼瘋，惹得陛下不高興，於是忙道：「陛下，時候也不算早了，宗令府離這兒又遠。」

轎子中的趙佶打斷他：「朕只是去看看就回，你放心便是。」

楊戩無奈，只好讓抬轎的禁衛調轉了方向，往宗令府過去。

第一三三章 晉王斷案

晉王的表情很是豐富，一下子冷笑，一下子板臉，
下一刻，又是怒吼，大叫一聲：「放肆！」
這一聲大喝，立即惹來哄堂叫好，
外頭的人一聽這位晉王爺勁頭十足，
可比聽戲好聽，於是都放開喉嚨歡呼起來。

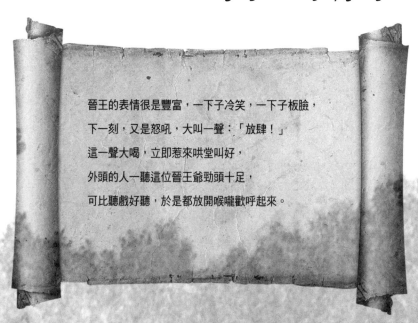

宗令府是管理宗室的機構，親王、郡王、皇子、駙馬，以及一些皇親國戚都在管轄範疇之內。不過這衙門說起來權力大的駭人，連親王都要受其統轄，其實只是一個空架子，平時誰願意得罪皇親國戚？所以太祖在的時候，雖然頒佈了許多宗令府的法令，以及皇親國戚要遵循的規章，可惜遵守的少之又少，宗令府也一向不管，懶得理會。

不過話說回來，宗令府在管字上懈怠，可是另一項差事卻勤快得很，就是每月皇親國戚的俸祿和賞賜，都是按時發放的，一點兒都不敢懈怠，有時候哪家忘了派人來領，府裡頭也會專門派人送過去。

所以這宗令府更像是皇親國戚們的錢袋子，尤其是對一些不在朝中任職的郡王、國公們來說，少了這份俸祿，是要餓肚子的。因此宗令府平時總是一團和氣，誰見了誰都是一張笑臉。至於說處置皇親國戚，斷案訴訟之類的事，幾乎是很遙遠的事了。

今日總算難得正經了一下，數百個禁衛三步一崗五步一哨，正堂裡頭一片肅殺，這堂外頭的長廊上倒是有不少看熱鬧的，原本尋常百姓是不許進宗令府的，偏偏晉王好熱鬧，說是尋常的衙門斷案有人來看，宗令府也不能例外，消息傳出來，倒是有不少人特意趕來觀看，頃刻之間便人山人海了。天子腳下畢竟閒人多，閒得沒事，當然就關注起這汴京最了不得的大事了。

趙宗坐在公案之後，威風凜凜，坐在他兩側的，一個是刑部派來的右侍郎，姓齊，名泰。這齊泰天生就生了個判官臉，整個人顯得莊嚴肅穆，一絲不苟，就像是木墩子一樣，一動不動。不止他是木墩子，便是坐在他左手的一位副審也是如此，這位大人是大理寺少卿，姓文名白，文大人雖然臉上一團和氣，卻也是一句話不說，一動也不動。

動靜最大的自然是晉王趙宗，趙宗不止是手沒閒著，不斷的拍打驚堂木，連架在上頭的腿還在不斷的搖晃抖動，得瑟到了極點。他的表情很是豐富，一下子冷笑，一下子板臉，下一刻，又是怒吼，大叫一聲：「放肆！」

這一聲大喝，立即惹來哄堂叫好，外頭的人就看個熱鬧，一聽這位晉王爺勁頭十足，可比聽戲好聽，於是都放開喉嚨歡呼起來。

換做是別人，早就有點兒不好意思了，偏偏趙宗臉皮厚，一聽有人叫好，反而勁頭更足，驚堂木又是一拍，朝著下頭跪了一地的人犯道：

「大膽，你們當本王是三歲孩童嗎？無人指使，是誰給你們的刀，你們又為何一起闖入平西王府？實話告訴你們，答了，還留你們一個全屍，不老實交代，便是抄家滅族，再不老實回本王的話，本王教你們求生不得求死不能。」

坐在兩旁的兩位大理寺和刑部的大人心裡都是苦笑，心想世上哪有這般問案的，像這樣的人犯，怎麼能一起審，應該分開了才是，這樣才能防止串供，更何況這般窮吼有什麼用，這些人都是亡命之徒，得先打一頓，立了威，就什麼內情都能問清楚了。只不過他們心裡雖然不以爲然，可是晉王喜歡這樣，他們也沒有辦法，更不敢攪了晉王的興致。

下頭的人犯都是唯唯諾諾，口裡叫著冤枉，卻是沒有一個肯招供的。

趙宗怒極了，道：「你們這是自己要找死了？來人，統統拿下去，斬了！」

差役們你看看我，我看看你，這時候反倒無所適從，他們都是刑部調來的，可是問案沒這規矩啊，才問了幾句，怎麼說斬就斬？怎麼跟演戲一樣？

這時，那大理寺的少卿文白坐不住了，咳嗽一聲，道：「殿下，現在還不能殺，且先問出案子來再說。」

趙宗這時也醒悟了，又不好改口，嘴唇哆嗦了一下，像是癟了的皮球。

那刑部右侍郎齊泰道：「殿下，昨日不是派了差役去尋找這些人犯的身分嗎？何不如將昨日派出去的人叫來問問。」

趙宗臉色有點尷尬的道：「快叫。」

齊泰對身邊的押司耳語幾句，那押司立即去了。過不多時，一個都頭進來，朝趙宗行了禮，道：「殿下，小人帶來了個人證。」

所謂的人證，不過是個六旬的老翁，這老翁顫巍巍的拄著拐杖進來，斷斷續續的道：「見過晉王殿下。」

趙宗便問：「這裡頭的人，你認識哪個？」

這老翁也不打話，灰白的眼眸朝跪在地上的人犯一路看過去，指著其中一個道：「小人認得他，他叫李茂才，偶爾會在小人的店裡沽酒吃，小人只聽說他在鄭家做事，具體做什麼，就不知道了。」

趙宗抖擻精神：「哪個鄭家？」

老翁不由道：「這汴京還能有幾個鄭家？」

齊泰問道：「可是鄭國公嗎？」

老翁道：「正是。」

齊泰就不敢再說話了，攀扯到了鄭國公，另一邊又是平西王，這兩家誰都得罪不起，還是讓晉王來問的好。

趙宗倒是不客氣，大笑道：「看你們還如何抵賴，你們是受鄭家指使的對不對？哼，你們要瞞也瞞不住，也不看看這是什麼地方，既然把你們拉到這裡來，你們還想負隅頑抗？」

跪在最前頭的就是鄭武，鄭武只是冷哼一聲，什麼話也沒有說，身後的人也都是一陣沉默。

趙宗大怒，道：「來，拉下去，打！」

案子審到這個地步，天色也已經有些晚了，雖然有了些眉目，可仍然沒有頭緒，就算是在鄭家做事，也不能肯定是鄭家人指使的，人犯都拉下去，趙宗也顯得有些索然無味起來，不耐煩的道：「罷了，罷了，今日就審到這裡，明日再說。」

齊泰和文白二人心裡都是苦笑，不得不站起來，對趙宗拱拱手：「殿下何不一鼓作氣……」

趙宗臉色一板，道：「這是什麼話，本王累了，你們這是在折騰人犯還是折騰本王，本王說不審了，退堂！」

撞到這麼一個人，大家也沒什麼好說的，齊泰和文白腿腳倒也麻利，拱拱手，立即帶著人退到一處的耳房去查驗卷宗。

趙宗伸了個懶腰，見人群散去，心裡卻在笑，審當然是要審的，不過要審到水落石出，卻還要有一個合適的契機，這麼早審出來有什麼用，正如太后偷偷給他授意的一樣，要在最恰當的時機把結果審出來才有用。

他一副慵懶的樣子，便退到後堂去，喜滋滋的喝了口茶，口裡喃喃道：「都以為本王瘋瘋癲癲，其實在本王心裡，你們才是傻子、呆子。」

過了一會兒，文白拿了一份方才問案的抄錄給趙宗看，趙宗隨手看了看，不耐煩的道：「沒錯，大致問的就是這個，立即入呈中書省備份吧，明日還要審，文大人要記得早些來。」

文白道：「那下官就告辭了。」

正說著，外頭有人急匆匆的過來，道：「殿下……殿下……陛下來了！」

趙宗呆了一下，道：「你是說本王的皇兄來了？」

來人道：「是，是，陛下吩咐我們不許聲張，他馬上就來，有話要和殿下說。」

趙宗點點頭，哂然笑道：「皇兄難得出宮，原來方才是在看本王審案了。」

正笑著，趙佶已經方步進來，負著手道：「平西王府的案子審問的如何了？」

趙宗站起來，朝趙佶作揖，笑嘻嘻的道：「皇兄來得巧，哈哈，有臣弟出馬，自然……自然不在話下。」

趙佶朝趙宗笑了笑，叫趙宗坐下，自己也坐在椅上，道：「這案子干係重大，你要細心的審。朕來這裡，是有一句話要和你交代。」

趙宗道：「請皇兄明示。」

趙佶吁了口氣，淡淡的道：「這案子審出來之後，第一個讓朕知道，其餘的人，暫時都瞞住。」他幽幽的看著趙宗，一字一句的道：「便是母后那邊……暫時也不要聲張。」

趙宗愣了一下，看著趙佶，沉默了一下，才道：「皇兄，連母后都不說？」

趙佶淡淡道：「手心手背都是肉，朕雖然也嫌惡鄭家，也不願保全，可是不管如何，畢竟是皇親……」

趙宗打斷他道：「皇兄這是什麼話？皇親就可以指使人翻牆而入？就可以刺殺平西王家眷？」

趙佶不禁啞然，過了一會，才沉聲道：「朕只是覺得鄭家的目的不是這般簡單，若真是他們做的，他們如此做，又能換來什麼好處？」

趙佶哂然一笑，道：「其實說起來，這事到底是不是鄭家做的還不一定。朕也不是說不處罰這指使之人，他們要行刺的是朕的愛女，朕難道能坐視不管嗎？只是說提前讓朕心裡有個數。」

趙宗卻不是個好糊弄的，別看其他的事糊裡糊塗，涉及到了自己身上就不同了，趙佶讓他先瞞著母后，母后萬一追究，豈不是自己來背黑鍋？實在太豈有此理了，簡直就是坑弟。

趙宗正色道：「陛下讓臣弟審案，臣弟殫精竭力，這是公務；可是皇兄又讓臣弟徇私，臣弟萬萬不能，請皇兄收回成命，大不了皇兄另委他人就是。」

趙佶不禁無奈，只好苦笑道：「朕只是戲言而已，晉王不必介懷，哈哈，你我兄弟好久沒有私下說話，好不容易有這個機會，吵這個做什麼？晉王，方才朕看你斷案，唔……」

趙佶頓了一下，很違心地道：「審得很好，用詞犀利，態度端莊，這才是朕的好兄弟的樣子，朕以後還有許多事要你做，給你肩上加擔子，兄弟同心，天下才可昇平，是不是？」

好一番的撫慰，才讓憤憤不平的趙宗臉色緩和下來，趙宗道：「不過話說回來，臣弟還真覺得自己有幾分威武的姿態……」

聽到這裡，趙佶不禁心裡發毛。

趙宗繼續道：「不過皇兄也不必給臣弟太多的事做，臣弟是個閒散性子，只願做個賢王，在大廈將傾的時候挺身而出；皇兄現在治下歌舞昇平，也沒有臣弟的用處。」

趙佶的手有點兒微微發抖，若不是知道這晉王是個糊裡糊塗的人，只怕難免疑心趙宗心裡有異心了，大廈將傾這種話也說得出口？再者說了，就算當真大廈將傾了，還輪得到你出頭來收拾局面？

趙佶擠出一點笑容，露出一點遺憾的樣子，道：「這樣啊，臣弟能有這個心思，朕也不強求，不管如何，這平西王府的行刺之事，朕就交給你了，你一定要好好用命，讓天下人看看朕的兄弟手段如何。」

他最後補上一句：「今日朕和你說的話，是我們兄弟之間的私話，就當朕什麼都沒

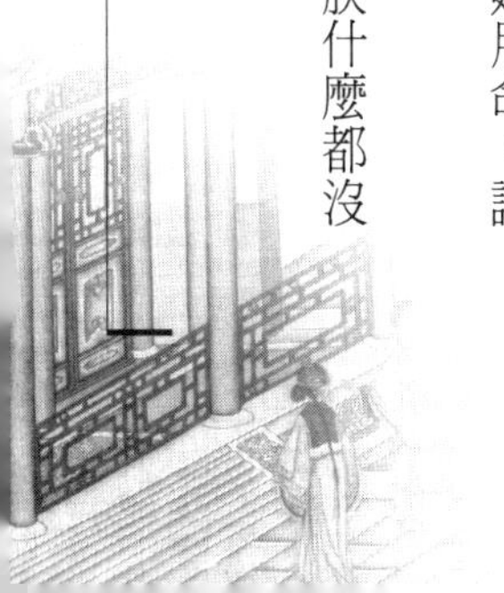

有說過，你不會向人提起吧？」

趙宗很認真地想了想，道：「連臣弟的愛妃都不成嗎？」

趙佶的臉上抽搐，正色道：「你說呢？」

趙宗心虛地道：「若是臣弟說夢話被愛妃聽了怎麼辦？」

趙佶知道自己不能再和他說下去了，便長身而起，道：「天色不早，朕要擺駕回宮了，你自己思量吧。」

趙宗殷勤地道：「臣弟送送皇兄。」

趙佶卻是連連擺手，道：「不必，不必，你坐著，不要動。」說罷，腳步匆匆地走了。

汴京城被一種莫名的氣氛籠罩，在這個風口浪尖上，彷彿所有人都在積蓄力量，各家的府邸都是大門緊閉，不再輕易走動，看上去有避嫌的意思，可是投機取巧者有之，利益攸關者有之，許多人都憋著一口氣，寫奏疏的寫奏疏，關在書房裡沉思，仍舊還在搖擺不定；便是到了部堂裡見了同僚，也絕口不提御審的事，可是有些時候，有的人撞見，相互對一對眼神，又彷彿是暗語了許多話。

這種氣氛，導致了不少的猜測，坊間和清議就沒有這麼多顧忌，他們身爲局外人，旁觀者卻都知道，一切都要在御審的時候，這些沉默的人，一定會驚起駭浪出來。

等到了童貫入京，一切的事就變得更加詭譎了。

童貫是在御審前兩天的清早入京的，幾十個三邊的孔武衛士，簇擁著童貫打馬到了城門，隨後，童貫便直接入宮面聖。

入京之前，童貫當然上書請示過，邊將要回京，至少要有個理由，童貫的理由是押運最近的糧餉，並且向兵部報備一下。其實這種事，隨便打發一個屬官來也就是了，不過童貫要回來，宮裡也沒有不批准的道理，趙佶看到了童貫的奏疏，想到了平時童貫的好處，也就許諾了。

誰知道童貫來得這麼快，一個月前才上的奏疏，現在就到了，看他風塵僕僕的樣子，多半是連夜趕路，一絲一毫都不敢耽誤。

童貫入宮與趙佶說了些話，才從宮裡出來，他雖是太監，但也是朝臣，所以在城外早就置了宅子。

童貫許久沒有回來，可把宅子裡的家人們忙壞了，又是張燈結綵，又是收拾寢居之處，備辦酒席，忙得腳不沾地。

童貫回到汴京的家，什麼都沒有說，只是問宅中的主事道：「童虎如何了？」

主事道：「現在正押在刑部大獄，聽風聲是說要等陛下處置，陛下現在也是舉棋不

定，這事兒可大可小，往大裡說，是爲虎作倀；往小裡說，只是爲人蒙蔽。」

童貫冷淡地道：「咱家知道了，叫人送了飯食去嗎？」

主事道：「送了，每日兩趟，不敢耽誤，小人日夜在外頭打探消息，可是這外頭說什麼的都有。老爺回來就好了，老爺在邊鎮勞苦功高，陛下看在老爺的面子上，少爺無論如何也能從輕發落。」

童貫哂然一笑，道：「哪有這般容易？真有這般容易，咱家還用從熙河趕回汴京嗎？你來，我這裡有些名刺，你立即派發出去，今夜咱家要設宴請客，你按著這名刺裡的人名都發出去，不要耽誤了。」

主事接過厚厚一遝的名刺，少說也有一百之多，不禁道：「這麼多客人，又都是尊貴無比的貴客，小人是不是要讓人預先做好準備？」

童貫搖頭道：「你去做你的事，設宴的事不必你操心。」

說罷，童貫去沐浴一番，洗盡了身上的塵埃，渾身都鬆弛下來。他穿著簇新的紫金袍，頭上頂著進賢冠，穿著一新，再加上他看上去很是魁梧，頷下的長鬚飄逸，若不是臉上略帶黑色，還真有幾副關雲長的風采。

沐浴之後，童貫誰也不見，只是在書房裡假裝看書。

童貫這樣的人，哪裡看得進什麼書？只是上有所好下有所效而已，當今天子文采出眾，童貫又是個八面玲瓏的人，肚子裡總要存幾分墨水才可以。

客人沒這麼快來，倒是有個邊軍軍將模樣的人大剌剌地打門進來，一進這書房，便行禮道：「乾爹，消息打聽出來了。」

童貫抬眸，將書放下，淡淡地道：「慢慢地說。」

「平西王殿下果然反擊了，平西王府遇刺，如今已經捉了活口，幾十個刺客如今在晉王那兒審問，多半是要攀咬到鄭家去的。」

童貫笑道：「平西王深謀遠慮，這一下恰恰切中了鄭家的要害，扭轉了劣勢，這一招高明得很，只是鄭家的人難道是呆子傻子？這個節骨眼上爲什麼要上沈傲的當，派出刺客？」

「乾爹，內情孩兒哪裡打探得到，不管怎麼說，這些刺客，確實已經有人指認出來是鄭家的人，現在案子還在審，到底怎麼回事，多半這一兩天就會水落石出。」

童貫沉思了片刻，也理不出頭緒，只好道：「你繼續說。」

「還有一件事，陛下去探視過平西王，就在大理寺，是穿便衣去的；當時大理寺的許多人都在場，隨來的人都被趕了出去，只留下陛下和平西王說話。」

童貫聽了這消息，不禁又笑起來，道：「這就是聖眷，天大的罪，陛下照樣維護。這麼說，平西王的勝算又加了兩成。太后那邊又怎麼說？」

「太后近來倒是沒說什麼，不過鄭妃也沒有什麼舉動，只是晉王和平西王走得很近，遇刺的那日，晉王還急匆匆地去給平西王出頭呢！」

童貫點頭道：「晉王與太后一體，晉王的態度也就是太后的態度，如此說來，平西王早與太后有了什麼默契不成……」

他闔目陷入沉思，手指敲打著身前的書案，慢悠悠地道：「尤其是鄭妃那邊實在太奇怪了，明明死了爹，卻什麼都不敢說，陛下的性子軟弱，鄭妃不可能無動於衷，除非……」他一時恍然大悟道：「是了，有太后在給平西王撐腰呢。」

「乾爹，這麼說，平西王至少有八成的勝算了？」

童貫又搖頭，道：「這也未必，許多事都說不準的，平西王做事一向滴水不漏，否則這一次叫咱家來做什麼？」

這人不禁疑惑道：「乾爹這一趟來汴京，是聽了平西王的授意來的？」

童貫正色道：「這是自然，你當咱家說來就來嗎？」

「可是……可是……」

童貫淡淡笑道：「可是你並未看到平西王送來的書信是不是？哎，平西王雖然沒有發來書信，但把虎兒給糊弄到了刑部大獄，這意思咱家還不明白嗎？平西王這是叫咱家來汴京，給他壯壯聲勢，咱家今日來，就是給平西王再增一成勝算的，這也是趕鴨子上架，咱家這把老骨頭是該動一動了。」

童貫坐直了身體，去熙河後，他確實很少耍弄什麼心機了，如今回來汴京，這一趟對平西王是一場豪賭，對他童貫又何嘗不是？

童貫咀嚼著方才得來的最新消息，整個人宛若呆了一樣，心中認真思量著。

大樹底下好乘涼這句話固然不錯，可是要想躲在這樹蔭下，就得拿出點本事來，有因才會有果，朝廷發生這麼大的事，誰也躲不過，想要作壁上觀，斷然不成，左右搖擺，更是大忌，既然跟定了平西王，只能一條道走到黑了。

回汴京之前，童貫心中還有幾分忐忑，若是平西王完了，自家該怎麼辦？李邦彥和鄭家絕不是懂得寬恕的人，自己一輩子的前程豈不是全部要落空？可是這時候，他已經有了把握，平西王不簡單，他童貫又何嘗簡單？

勝敗在此一舉了！

天色已漸漸地晦暗，書房中點了燈，燈火搖曳，昏黃一片。

「乾爹，客人們都到了。」

「噢……」童貫長身而起，捋平了衣衫上的褶皺，扶正了頭上的進賢冠，魁梧的身材顯出英武之姿，他淡淡地道：「咱家這就去。」

步入童家的大廳，童貫立即堆起了笑容，來的賓客實在太多，以至於府裡的小廝不得不添置桌椅，上百個公侯這時都已依著爵位的大小依次坐下，有的手裡抱著茶盞，有的翹著腿喝茶。

其實童貫和他們並沒有多少的交情，這些公侯雖然尊貴，但大多數都是閒散在家無所事事的人。不過這些人的能耐卻也不容小覷，雖說平時不過問朝政，可是百年來相互之間的聯姻，早已滲透整個汴京的上層，誰和誰都沾著那麼一點的親，不是叔伯就是母舅，宗王那邊，也是經常走動的，更有不少人家有姐妹在宮裡頭做了太妃，就比如荊國公，便是太皇太后的嫡親弟弟，別看荊國公平日沒從太皇太后身上撈到一點兒好處，可是真要捋起袖子出來拼命，只怕晉王都要讓他一分。

偏偏就是這些平素素無瓜葛的人，這時候卻都走到了一起，童貫笑吟吟地向每個人打招呼，這些公侯們有的微笑點頭，有的則是低頭喝茶，表現出幾分矜持倨傲。

童貫也不以爲忤，目光最後落在荊國公身上，道：「公爺光臨敝府，寒舍蓬蓽生輝，諸位請坐。」

說罷，童貫也隨之坐下，喝了口茶，便開始和這些人東拉西扯，無非是一些熙河的見聞，最後道：「熙河苦寒，別的沒有，就是一些上好的皮貨絕對正宗，咱家特意帶來了不少，到時候少不得要奉送到各位府上去的。」

荊國公冷冷地道：「童公公就不要繞彎子了，大家還是敞開天窗說亮話的好。」

童貫精神一振，整個人變得咄咄逼人起來，拍案而起道：

「鄭家實在欺人太甚，他們和平西王要生要死也就罷了，如今卻牽扯到了咱家頭上，也牽涉到了諸位公爺、侯爺頭上，我等還能坐視不理嗎？咱家的侄子童虎，如今還在刑部大獄，除掉鄭家，這人才能撈出來，否則就算放了出來，身上也難免沾了汙跡，這前程還要不要？」

他這番話，讓所有人坐直了身子，其實請的這些客人，都有一個共同點，就是子侄都在武備學堂裡，那時候，「天子門生」這四個字實在有點唬人，既然是貴族，自然少不得要攙和一下，原本想先到武備學堂去鍍鍍金，到時候再作安排，所以武備學堂第一期其中有三成的子弟都是貴族出身。偏偏沈傲東奔西跑，挑選的衛隊都是第一期的校尉，如今這一千五百人裡頭，有多少和汴京的公侯們有牽扯，就只有天知道了，反正來的這些人，哪個都脫不了干係。

荊國公的一個外甥就在武備學堂，如今身陷刑部大獄，原本下個條子，打個招呼，人也就出來了。誰知不是刑部不肯放人，而是那混小子死都不肯出來，同伴都留在裡頭，自己出來了這算是怎麼回事？將來也沒有臉去做人。荊國公沒有辦法，只能吹鬍子瞪眼，左右一想，反而也就定下心來。

眼下這件事，已經不再是一個子侄這麼簡單了，鄭家要除掉平西王，唯一的罪名就

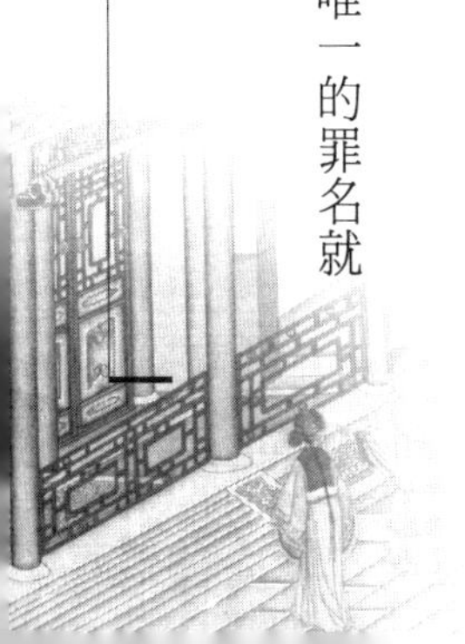

是咬死了「欺主謀反」四字，平西王擅殺鄭國公，殺太原大都督，這罪名要坐實，只要肯把聲勢造出來，多派出言官出來鼓噪，三人成虎，也未必不可行。

問題是，平西王若是欺君，若是謀反，那麼校尉是什麼？這就得仔細琢磨琢磨了，謀反這麼大的事，就算是憑著自家的地位把人保了出來，到時候難免不會留下個瑕疵，將來就是秋後算賬的把柄。今日可以把人帶回家，明天換了個新皇帝，或是陛下什麼時候看你不順眼，再若有心人鼓噪一下，說是子侄牽涉謀反事，這理往哪裡說去？

所以，人不能保出來，眼下要救人，又要做到沒有後患，唯一的辦法，就是把平西王洗乾淨。平西王是謀反，自家的子弟就是脅從，平西王是有功於國，自家的子弟就是大功一件。說到底，問題就出在太原的人該不該殺上頭，不該殺，你殺了，你就是從犯；該殺，你殺了，就是爲國討逆，封賞什麼的現在還沒這個想頭，至少洗清了大家身上的污點是足夠了。

荊國公淡淡一笑，心裡已經有了主意，端著茶盞低頭吹了口茶沫，道：

「平西王是我大宋的功臣，宮裡頭這麼多事，別人辦不成，偏偏他就能辦成。老夫聽說，鄭國公在太原仗著自己的身分胡作非爲，趁著太原地崩，不顧百姓死活，居然敢落井下石，使太原雪上加霜，百姓都被逼到這個份上，這姓鄭的，也太肆無忌憚了吧？」

他悠悠然道：「老夫與太皇太后是嫡親的兄弟，平日裡，太皇太后一再苦口婆心地說，咱們是皇親國戚，就算不能替陛下分憂，至少也不能添亂。那鄭國公算是什麼東西？自家女兒做了后妃就目空一切，敢做出這種事了？」

荊國公一席話，立即把自己的立場擺在了明處。其餘的公侯一聽，立即就明白了荊國公的弦外之音。

坐在荊國公下首的茂國公冷笑道：「朝廷出了奸賊，平西王為國討奸，反倒被人污蔑。沈傲這傢伙平素雖然胡鬧了一些，可是和老夫也是有些走動的，老夫豈能坐看他吃這麼大的虧？咱們平素世受國恩，如今奸賊的餘孽上躥下跳，橫行無忌，還能冷眼旁觀嗎？」

茂國公和衛郡公一樣，都是開國公一系，在軍中頗有威望，雖然不過問朝政，可是百年來，茂國公一系都是清貴無比，單宮中的帝姬下嫁到茂國公家的就有三個，他說了這番話，等於是給下頭這些人張目的意思。

「對，受君恩、食君祿，朝廷出了奸賊，我等豈能坐視？御審那一日，我襄陽侯一樣要鬧一鬧，我倒要看看，姓鄭的到底有多大的能耐，居然連宗王都敢陷害。今日他們能除平西王，下一次就是你我了。」

幾番對話，場面就熱鬧起來了，大家都不是傻子，雖然都說得冠冕堂皇，其實說白了還是爲了自己，既然觸犯到了他們的利益，他們也絕不是好欺負的主。

童貫呵呵一笑，道：「不過話說回來，既然要鬧，也不能胡鬧，總要有個規矩，上疏是肯定的，這上疏又是怎麼個上疏，大家總還要再商量商量，大家擰成了一團，才能讓姓鄭的知道咱們的厲害。咱家這些日子也沒有閒著，已經叫人去懷州搜羅了鄭家的罪證。還有一個人，想必大家也感興趣。」

第一三四章 山雨欲來

這一場遊戲裡，有人想高升，有人想穩固地位，
有人要洩私憤，有人要報公仇，
趁著山雨欲來的節骨眼，想明哲保身是不成的，
你不搞掉別人，別人就要來弄死你。
所以各家的府邸門前都是熱鬧無比。

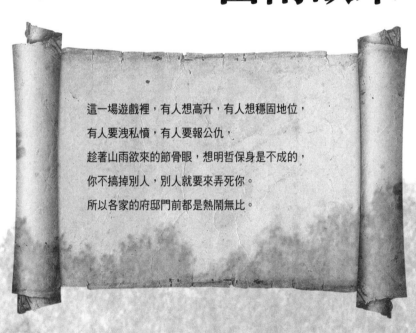

荊國公原以爲童貫不是個投機取巧的太監，不太瞧得起他，這時見他早有了準備，不得不刮目相看，正色道：「此人是誰？」

童貫呵呵一笑，放下茶盞，拍了拍手道：「出來吧，來見見諸位公爺、侯爺。」

過不多時，一個魁梧的漢子穿著一件布衣進來，他的身上隱約可以看到觸目驚心的猩紅鞭痕，這人抿著唇，大剌剌地跪在童貫腳下，道：

「乾爹，孩兒知錯了，以後再不敢了。」

誰都知道，童貫的兒子沒有一百也有幾十，方才迎客的是童貫的乾兒子，叫人招待奉茶的是另一個乾兒子，如今又冒出一個來，倒是一點不令人驚訝。

童貫呵呵笑道：「知錯就好，知了錯就要改，你先說，你在三邊，到底做了些什麼事？」

這乾兒子一看就是個武夫，雖然挨了打，卻也沒什麼虛詞，開門見山地道：

「諸位公爺、侯爺，小人叫楊希，幼時家父戰死沙場，承蒙乾爹收留，教我槍棒，令我從軍入伍，在邊鎮立下了些功勞，總算沒有教祖宗蒙羞，沒給家父丟臉。後來乾爹命我轄制口子關的軍務，這口子關位於契丹、大宋、西夏三國邊境，可以向北直通橫山，是最緊要的商貿通道……」

他絮絮叨叨地說著，大致的意思就是收受了懷州人賄賂，其中鄭家最多，讓鄭家的商隊得以出關，商隊裡頭的貨物自然不必說，都是朝廷嚴令禁止不許出關的，如今西夏和契丹與大宋的關係緩和，所以查得也鬆弛一些，可是後來，這楊希卻發現了鄭家商隊解送去女真的貨物。

荊國公不禁動容，通敵這一條也是大罪，若是當真能有人證，鄭家只怕脫不了干係，於是便道：「你是如何知道是女真人的貨物？」

楊希道：「其實送去各國的貨物，都有分別，就比如這女真人，因爲最擅長長刃刀具，適合馬上輕裝劈殺，再者，女真人都有在自己兵刃上刻上姓名的習慣，末將恰好巡查過一批貨物，裡面的長刃刀上都刻了女真人所崇尚的飛鷹，還有不少女真文字。」

荊國公的臉色不斷在變幻著，略略思索了一下，道：「有物證嗎？」

人證是一樣，可是對鄭家這樣的家世來說，沒有物證也是萬萬不能的；荊國公這老狐狸豈會不明白？童貫呵呵笑道：「當然有，已經查抄了，足足三個貨棧的貨，都是鄭家的。」

接著，他看了楊希一眼，瞪眼訓斥道：「還不快下去面壁思過？到時候自然有你的用處。」

楊希退了出去。

廳裡的公侯們這時候臉上都露出了玩味的笑容，要彈劾鄭家，當然要有個拿得出手

的罪名，通敵二字比不上謀反，卻也差不多了，打蛇打七寸，如今人證物證都有，御審那天可就有得好瞧了。

童貫道：「荊國公、茂國公，不如就以通敵爲主如何？」

荊國公淡淡笑道：「難得童公公已經有了主意，好說，好說。」他不禁捋鬚道：「就這麼辦，御審那日，老夫帶人上殿，要親自彈劾鄭家，這裡有一百多份奏疏，童公公就等著看好消息吧。」

童貫又是笑道：「勞煩國公了，童某人其實也準備好了一百份奏疏。」

「哦？」荊國公不禁道：「莫非是三邊的？」

童貫正色道：「鄭家多年來在三邊橫行不法，軍中眾將敢怒不敢言，更有甚者，三邊緊缺一批皮貨，向鄭家訂購，他們竟是以次充好，漫天要價，這樣的行徑，咱家早就要告御狀了。」

荊國公心想，原來童貫是有備而來的，此人倒是不容小覷，便含笑道：「這樣更好，我們狀告鄭家通敵，你們狀告鄭家舞弊，老夫也該回去準備了，童公公，告辭。」

公侯們一哄而散，童貫親自將他們送出去。回到廳中，闔著眼，不禁淡淡笑起來，他叫來一個義子，道：「把諸將的奏疏都拿來。」

過不多時，這義子便抱了一個箱子來，揭開箱子，裡頭是一碼一碼的奏疏，童貫隨手撿了一份，翹著腿看了一會，頗有些自得，這些奏疏，自然都是他授意之下寫的，奏疏並不是直接指出鄭家的事，打了鄭家一板子的同時，還稍微的在平西王的臉上刮了一下，彈劾鄭家的同時，也罵了幾句平西王，說平西王出入西夏的時候，往往路過三邊時都排場很大，軍民不堪其擾。

這個罪名說是罪，但也談不上，只是一個小過罷了，童貫之所以如此，便是輕輕打沈傲一下，以示三邊和沈傲之間並無瓜葛，否則這麼多邊將站出來爲平西王說話，天家會怎麼看？這種事鬧個不好，反而會幫鄭家一把，所以狠狠地痛打鄭家這落水狗的同時，也要說幾句平西王的不是才是正理。

童貫呆坐了一會兒才站起來，後日便是御審，要做的事還多得很，這時天雖然黑了，他卻換了出行的紫金服，吩咐人道：「備馬，去衛郡公府上。」

慘澹的月色之下，衛郡公府顯得格外的幽靜，比鄰衛郡公府邸的，是一座座高官顯要的住宅，夜雖然黑了，可是隨著御審之期的到來，各家的主人都在做著準備，這一場非此即彼的遊戲裡，有人想高升，有人想穩固地位，有人想巴結朝中的大鱷，有人要洩私憤，有人要報公仇，趁著山雨欲來的節骨眼，想明哲保身是不成的，你不搞掉別人，別人就要來弄死你。所以與之前的安寧不同，這時候，各家的府邸門前都是熱鬧無比。

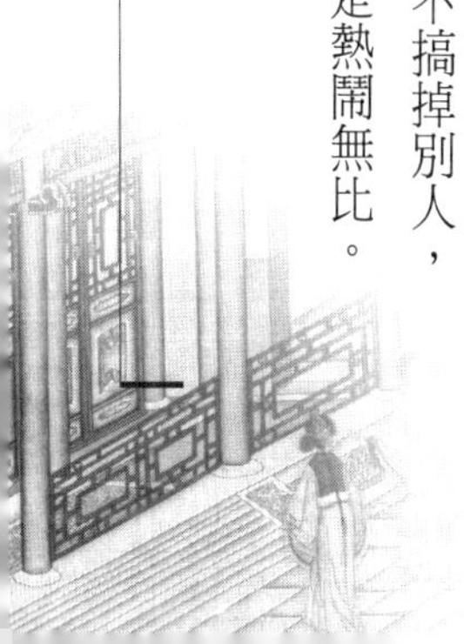

就比如這衛郡公，從天黑到現在，足足兩個時辰，幾乎每隔一段時間就有賓客上門，賓客們或以子侄禮，或以師生禮，或以下官禮一個個求見，進了這幽深的大門，便立即由人提著燈籠引著到一處靜謐的小廳裡去，所談的話也不多，大家都是聰明人，來的人直接拿出奏疏，請衛郡公過目一下，明面上是請郡公提點，其實就是投誠，告訴郡公，下官願效犬馬之勞。

這些奏疏，有彈劾鄭家，有彈劾李邦彥，有彈劾懷州商賈，正如一隻臭蛋上，已經圍滿了蒼蠅，誰也不見得比誰乾淨，後天這個時候，就是大家揭醜的時候，看誰的醜事多，看誰的臉皮厚。

石英深諳這裡頭的道理，所以對每一個都是極盡優渥的對待，不敢有絲毫的怠慢，真正的死黨，這個時候反而不會來，大家一個眼神，一個風聲，立即就知道該怎麼辦，該怎麼通氣，又怎麼死死攀咬。來的人，大多都是牆頭草，今日他投靠你，爲你做馬前卒，過了幾天，或許就與你不共戴天了。

在這個節骨眼上，自然是拉攏的人越多越好，元祐黨爭以來，朝廷結黨已經是公開的事，誰的聲勢大，誰的人多，往往能占住先機。其實說的再直白一些，這與潑皮街頭廝殺並沒什麼不同，只不過讀書人捉筆爲刀，潑皮們拿刀對砍，都是血濺五步，誰也不比誰客氣一點。

到了三更時，一輛馬車飛快的到了郡公府，來的人居然是太原城的邊軍，足足有幾十個之多，一個個穿著戎裝，按著腰間的刀柄。

爲首一個是一名虞候，這虞候風塵僕僕的從馬上跳下，隨即在府前的石階下朝門人行了個禮，道：「衛郡公可在府上？請小哥通報一聲，就說我等奉梁都督之命，遵照平西王的意思，把東西送來了。」

他一句話囊括了兩個大人物，門人當然不敢怠慢，尤其是涉及到平西王，更不能草率，連忙道：「軍爺少待。」飛快地進去通報。

接著幾十個郡公府的護衛出來，請這些太原邊軍將馬車趕進府去，那爲首的虞候則由人領著到了一處書房。

書房裡，石英正襟危坐，他比一年前又蒼老了幾分，雙鬢上生出斑斑白髮，眼袋鬆垮，顯然已經有幾天沒有睡過好覺，唯有那一雙眼眸，卻顯得無比的精厲，微微的掃了這虞候一眼，才收回眼中的銳氣，淡淡地道：

「是梁建梁都督叫你來的？」

虞候單膝跪地，朗聲道：「正是，梁都督說，平西王回汴京之前曾經吩咐過，一定要帶一樣東西回來，有了這樣東西，鄭家必死無疑，因此特命末將提點軍馬沿途押送，總算是幸不辱命，在御審之前趕來了，請衛郡公收下。」

石英不禁道：「是什麼東西？」

這虞候猶豫了一下，只是道：「梁都督說，這是一件神兵利器，有了它，足以斬下鄭家一百二十七口的人頭。」

石英頷首點頭道：「你暫時先歇了吧，老夫知道了。」

虞候訕訕道：「末將明日就要返回太原去，公爺能否給末將開個條子？就說東西已經收到，也讓末將回去有個交代才好。」

石英呵呵一笑，道：「這般小心謹慎，看來當真是一件寶貝了。」

他從書桌上取了一張信箋，運筆隨手寫了一封書信，折好之後放入信筒，又叫人打上火漆，交給這虞候道：「這一趟辛苦了，若是平西王能平安無恙，你也是大功一件，到時候少不得給你表個功。」

虞候道：「末將能爲平西王殿下做事，已是榮幸萬分，哪裡敢要賞？」

他說得一點客套的意思都沒有，完全出自於真心，不說平西王大破女真鐵騎，便是在太原做的事，也足夠讓人心服口服。

石英點點頭，待那虞候去了，便叫了個家人來，道：「把他們押運的東西提過來。」

提來的是足足三口大箱子，每一口分量都不小，石英不禁愕然，遣散了外人，打開其中一隻箱子，略略一看，眼眸中立即露出震驚之色，隨即狠狠地將箱子合上，又陷入思索之中。

外頭又有人通報：「公爺，童貫童公公求見。」

石英回過神，叫人將箱子撤下，仔細地封存好，若無其事地坐回位上，道：「請他進來。」

童貫一進書房，便爽朗一笑，道：「衛郡公別來無恙？」

石英年輕的時候也曾在軍中渡過金，他和童貫都去過江南，剿平方臘的叛亂，說有什麼過人的交情談不上，總還算是熟識。當年蔡京當國的時候，石英一向是朝中鐵杆的倒蔡派，而那個時候的童貫，卻爲了前程，依附在蔡京身上，在蘇杭一帶全權署理花石綱的事。如今平西王令他們站到了一起，倒也有點造化弄人的味道。

石英呵呵一笑，抬手道：「童公公請坐。」

童貫大剌剌坐下，眼眸抬起，看了石英一眼，道：「咱家的來意想必衛郡公也清楚，只是不知道衛郡公準備得如何了？」

石英也不瞞他，童貫這時候入京，又有侄子在刑部大獄，早已與沈傲休戚與共了，這時候若說懷疑，簡直是天方夜譚，便正色道：「御史中丞曾文已經聯絡好了，其他的也都有了頭緒。」

童貫嘆了口氣，道：「萬事俱備只欠東風了。」

石英卻是呵呵一笑，道：「東風方才已經送來了。」

童貫驚愕地道：「公爺何出此言？」

石英沉默了一下，才道：「童公公拭目以待吧，平西王在鎖拿之前，就已經安排好了一切，現在要做的，就是坐看天翻地覆，地動山搖了。」

對許多人來說，這兩日實在難熬得緊，戲臺子已經搭好了，角色們也都挺身而出，換上了衣衫，做好了準備，就等登臺的這一天。說實在話，莫說是李邦彥和鄭家，便是平西王這邊也捏了一把的汗。

到了這個地步，已經是你死我活，再沒有後退的可能，至今爲止，自元祐黨爭，這一次已經算是朝廷的另一次對決，莫看坊間只認爲是一次御審，其實圍繞著這御審，卻是整個朝廷洗牌的契機。有人要挪位置，自然有人要晉升，有人該去交州、瓊州玩泥巴，有人人頭落地，也總有人要賺回一身富貴，寒窗苦讀幾十年，登上了這天子堂，才是真正的開始。

會唱這齣戲的，往往能借著機會屢屢高升，至於那些書呆子，滿口之乎者也不太開竅的傢伙，自然是從哪裡來滾回哪裡去。

能在這裡生存下去的，都是人精一樣的人物，在一次次折騰之中還能穩坐釣魚臺的，那更是千萬人之中最頂級的精英，這個朝廷，這個王朝，由他們掌握。

太陽有點兒刺眼，因爲是午朝進行，所以日上三竿的時候，各家才有了點動靜。一看這太陽明亮晃眼，宛若圓盤，對尋常的百姓來說，似乎又是一個豔陽天氣，在這冬末時節，實在是稀罕得很。可是對許多即將坐入暖轎的大人物來說，卻又是一番心境。

好戲要開鑼了，雖然沒有吹拉彈唱，沒有人助威叫好，可是這場戲，卻決定著許許多多人的生死榮辱。

就在今日！

沈傲是在巳時二刻醒來的，他說：「我要漱口。」於是立即有人端了青鹽水和溫水過來，青鹽是上好的隴右鹽，消除口臭，美白牙齒，還能防止蛀牙。至於溫水也恰到好處，不溫不涼，既不會燙傷肌膚，也絕不會讓人生出不適。

沈傲漱了口，大剌剌地一坐，道：「本王餓了。」

茶是最好的武夷茶，糕點是特意從邃雅山房送來的九樣糕點，味道可口，香甜無比。

沈傲喝了口茶，突然道：「要有光。」六兒立即去把窗戶打開，溫柔的陽光照進

來，讓人神清氣爽。

沈傲不由地皺了皺眉，他不禁在心裡嘀咕，自己到底是住在大理寺的看押房還是在金鑾殿裡？怪了，要什麼有什麼，這還了得？他天生是個較勁的人，別人說天是藍的，他硬說天是黑的，這時候脾氣發作了，語氣自然地道：「要有空氣……」

六兒和朱時這下子傻眼了，空氣是什麼？

沈傲搖搖頭，心裡說，果然一輩子只能做小吏，連空氣都不知道，能出頭才是咄咄怪事。

沈傲呵呵笑道：「空氣二字出自蘇相公的《龍虎鉛汞論》，曰：方調息時，則漱而烹之，須滿口而後咽。若未滿，且留口中，候後次，仍以空氣送至丹田，常以意養之。大理寺有沒有這樣的東西？」

六兒和朱時聽得雲裡霧裡，都是搖頭：「回殿下，沒有。」

沈傲又搖頭，懶得和他們說了，吃了糕點，灑然地站起來道：「好吧，御審就要開始了，要不要拿個枷鎖來把本王鎖了，送進宮裡頭聽審？」

朱時尷尬地笑道：「殿下說笑，不必鎖，不必鎖的。」

沈傲遺憾地道：「這樣啊，好像很不像話，不知道的，還當本王在這大理寺做了泥塑菩薩，哪裡像個罪囚？」

六兒笑道：「殿下就是菩薩。」

沈傲淡淡一笑，踱步出去，抬頭看了看頭上的豔陽，道：「囚犯有囚車坐嗎？」

朱時道：「車馬已經備好了，請殿下隨小人來。」

沈傲什麼都沒有說，隨朱時到了一處車馬棚，這「囚車」的造型實在有點古怪，外形精美，車廂上繪著精美的彩釉，甫一進車廂，軟墊、靠背、手爐一應俱全，沈傲坐進去，心裡不禁覺得好笑，大理寺的生活當真不錯，若不是還有人要收拾，他當真巴不得一輩子待在這裡待罪了。

車軸滾動，足足是一百餘名差役簇擁拱衛，到了御道，又有三十名殿前衛迎過來，在前引路，這陣仗倒是大得駭人。

等到了正德門，沈傲並沒有下車，正德門裡已經圍了許多人，都在等待午時之後入宮聽審的，這些大人們紛紛驚愕地朝馬車看過來，許多人不管與沈傲是恩是仇，皆是淡淡地將臉別到一邊去。

這時候沒有必要打招呼，所以大家都表現出了灑然的態度。不過令人驚奇的是，這一次來的人當真不少，莫說平素不太來參加朝議的太子趙恆來了，便是三皇子趙楷也偕同太子一道來，這一對兄弟下了轎子，便熱絡地低聲說著話，時不時地露出點笑容。

接著是李邦彥、鄭國公鄭楚，這二人到了之後，立即有不少人圍過去與他們說話。

李邦彥的笑聲總是最爽朗的，今日也不例外，甚至和人說起了一個士林笑話，惹得眾人哄笑不已。

此後是童貫與一些武官一道過來，童貫也是八面玲瓏的人物，這裡居然有大半的人和他打招呼，童貫呵呵笑著與他們說了會話，便矜持地和武官們到了另一邊去，他的眼睛不禁看了李邦彥一眼，遲疑了一下，最終還是走過去，和李邦彥打了個招呼。

「李門下別來無恙。」

論起來，李浪子和童貫從前的交情其實還算不錯，當年童貫與蔡京的關係若即若離，既巴結又疏遠，李邦彥也差不多，二人在朝十幾年，關係自然不差。

李邦彥身邊的官員立即不說話了，連那鄭楚也表現得極爲冷淡，偏偏李邦彥卻笑吟吟地朝童貫道：「童兄什麼時候到京的？爲何不提早知會一聲？你我許久不見，也該聚一聚才是。」

童貫便笑道：「不敢叨擾門下。」

李邦彥哂然一笑道：「無妨，都是自家人，談不上什麼叨擾。」

都是一些客氣話，客氣就是疏遠，童貫只淡淡說了幾句，就退回武官那邊。

再之後是石英、周正、曾文、姜敏四人一齊過來，這四人一向焦不離孟，是舊黨中堅；這四人一出現，守候在正德門外的官員立即嘩啦啦地湧過去，一時間場面熱鬧到了極點，石英與他們一一點頭，關係近的握著手說幾句，平時關係疏遠的也都頷首示意。

曾文身為御史中丞，人脈倒也不小，言官們紛紛過來行禮，曾文呵呵笑著撫慰。還有不少人是向周正這邊過來的，無非是說恭喜祈國公蒙冤得雪之類。

倒是姜敏頗有些受了冷落，不過他是大理寺卿，今日的地位其實最是重要，他含笑地負著手，孤伶伶地退到一邊，不禁朝沈傲的馬車看了一眼。

這裡已經聚集了數百個官員，今日是大朝議，凡是京中五品以上的官員都要來，所以看上去比集市還要熱鬧。可是當荊國公、茂國公帶著數十個公侯突然出現的時候，立即引起了一陣譁然。

荊國公、茂國公地位超然，平素並不干涉朝政，甚至是新舊兩黨爭權最激烈的時候，他們也表現出了中立的態度，不是因為別的，只是因為這二人根本不必插手到這裡頭來，不管爭不爭，誰也無法動搖到他們的地位。

可是荊國公和茂國公這時候帶著人過來，自然引發了無數遐想，他們到底站在哪一邊？打算為誰說話？荊國公不但代表著許多的貴族，更代表著太皇太后。若說茂國公與衛郡公是開國公侯們的旗幟人物，那麼荊國公無疑是前朝勳貴的代表。

所謂前朝，就是哲宗皇帝在位時的一群顯貴，哲宗是當今天子的兄弟，病死之後，後宮與朝中都以哲宗子嗣年歲尚小，改而立當今天子為皇帝，太皇太后更是一言九鼎，成爲了易儲事件的拍板人物，沒有這些哲宗朝的顯貴默許，陛下能不能做這皇帝還是未知之數。所以荊國公表面上雖只是外戚，也絕不容小覷。

石英和周正已經一道過去，和荊國公、茂國公寒暄起來。

荊國公和石英、周正他們不同，雖然出身大致差不多，可是荊國公等人一向是閒雲野鶴，和他們論一論書畫、金石倒也罷了，平時是不問其他的，因此和周正、石英或許有交情，甚至還有世誼、親屬關係擺著，平素來往卻不多。可是今日卻令所有人又不禁大跌了眼鏡，這幾人談得居然很是熱絡，他們的聲音不小，笑得又是爽朗，說話也不避諱他人，從言談之中，便能察覺出這背後似乎有點兒與眾不同。

一些聰明的，已經意識到了什麼，甚至有幾個打算站在李邦彥這邊狠狠彈劾平西王的人，這時心裡也產生了動搖，一步走錯，就是步步皆錯，自己的選擇到底是對還是錯？

正在這時，宮門終於開了，接著是以楊戩領頭、敬德爲副，二人揚著拂塵，掃了外頭黑壓壓的人一眼，不疾不徐地扯高了嗓子道：

「請諸位大人入宮覲見。」

趙佶穿著冕服正冠，從文景閣裡出來，昨天夜裡，他已經從萬歲山移駕到宮裡，該來的總要來，便是想躲也躲不過。趙佶雖然心情不好，這時候卻也精神抖擻，打算做一趟仲裁者了。

一邊是鄭家，皇親國戚，一邊是沈傲，既是重臣也是皇親國戚，這種官司打到御前，實在有點兒荒唐。

他眼皮兒不禁跳了跳，看了看天色，正午的太陽暖洋洋的，讓人昏昏欲睡。趙佶吁了口氣，心亂如麻。心裡想，這一次若是沈傲判定有罪，朕該如何？罷罷罷，保住他的性命就是，他在西夏還有一個攝政王可做，將他驅去西夏便罷，眼不見爲淨吧。

心中這樣想，難免會有幾分失落，沈傲殺鄭國公，已經是板上釘釘的事，既然鬧到了這個份上，就算是想寬恕也無能爲力了。

趙佶正要上乘輿去講武殿，這時候一個內侍健步過來，躬身道：「陛下……太后已經起駕了。」

趙佶頷首點頭，道：「那就立即擺駕吧。」

待到了講武殿，趙佶的出現立即讓原本寂靜的殿堂裡有了幾分生氣，數百個文武官員、國戚貴族紛紛拜倒，轟然道：「吾皇萬歲！」

趙佶走上金殿，太后則是坐在金殿邊的一處耳室裡，垂了簾子，欠身坐著聽審。

趙佶沒好氣地道：「都平身吧，今日有什麼事要奏？」

越是這個時候，大家反倒都不急了，雖說不少人巴望著這個御審，更不知多少人已經摩拳擦掌，不過事到如今，大家反而矜持了起來。

先是吏部左侍郎出班道：「陛下，年關就要近了，功考在即，不過往年功考時，往往出現州官事前做好準備，蒙混過關的事，今年是不是採取一些手段，杜絕此事？」

趙佶坐在鑾椅上，道：「如何杜絕？」

「可以讓吏部、禮部、戶部、大理寺三部一起協同趕赴各地……」這右侍郎侃侃而言，卻是誰也沒有做聲。

有心人這時候反倒多看了這侍郎一眼，這人說這話到底是什麼目的？明明是吏部的人，卻將吏部的功考之權均分給禮部、戶部、大理寺，此人是不是腦子生了蟲子？於是許多人心裡已經有了這侍郎的背景。

劉煥，建中靖國三年進士，先在蘇州爲官，後調任京畿，爲京兆府尹，最後才做了這個吏部侍郎，可謂是功德圓滿，劉煥這人年紀不大，不過四旬上下，只怕再過三五年，就要入三省了。

只這樣微微一想，許多人不禁看了衛郡公石英一眼，一下子全明白了。

劉煥是在宣和三年入的京，之前一直在蘇州爲官，那時候方臘起義，盤踞杭州一帶，而衛郡公石英與童貫等人調兵鎮壓，大軍就駐紮在蘇州，由此可見，這劉煥應當是衛郡公石英的人。

吏部如今是在太子手裡，太子的人做了吏部尚書，這吏部最大的權力其實就在於功考，官員的生死榮辱都掌握在這功考二字上，評價好的升遷，評價不好的便貶職，就是罷官的也有。可見這吏部的權力之大，誰若占了吏部，只用三年時間，便可以培植出一大群的親信黨羽出來。

而現在吏部侍郎突然要把功考之權一分爲四，分別交給禮部、戶部、大理寺，禮部不必說，楊真一向不偏不倚，給他倒也罷了，最厲害的是這戶部和大理寺，這兩家，可都是舊黨的基本盤面，這件事若說不是衛郡公指使，那就真的是有鬼了。

在場的人，許多人已經忍不住嘆一句石英確實厲害無比，這一招聲東擊西，明明知道所有人都卯足了勁在準備接下來御審的事，都不願意節外生枝的當口，偏偏打出這麼一拳來，令人猝不及防。

若是將功考的權力放出去，吏部等於就成了擺設了，更何況是放到戶部和大理寺，太子這邊，肯定要元氣大傷。只是……在這個節骨眼上，石英爲什麼得罪到太子頭上？若是待會兒太子臨時起意，狠狠地踩平西王一通，豈不是又讓御審多了幾分變數？

所有人都在狐疑，猜不透石英的心思，石英這般做，要嘛是完全放棄平西王，轉而去招惹太子，要嘛就是石英已經有了十成的把握，相信這一場官司平西王非贏不可。

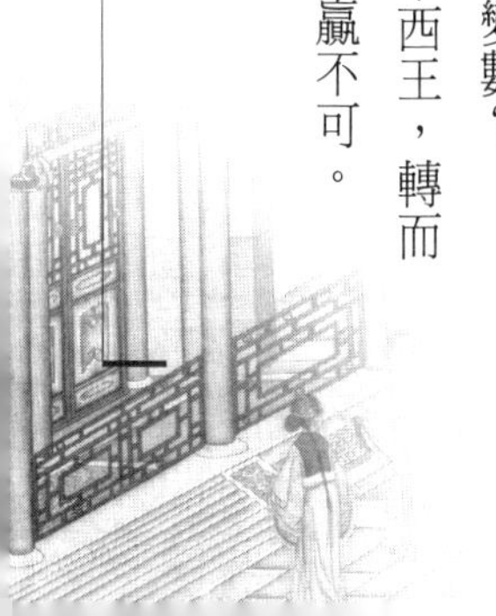

猜不透，索性就不猜，許多人都看向趙佶，想看陛下怎麼說。

第一三五章 欲加之罪

他頓了一下，臉上的淡笑顯得更加諷刺，繼續道：「鄭國公囤貨居奇，這更是天方夜譚，真真是欲加之罪何患無辭。鄭國公至多只是律下不嚴，平西王卻殺了他，難道不知道本朝殺國公是什麼罪嗎？」

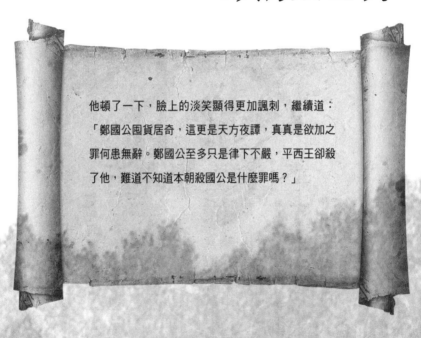

「父皇……」趙恆與吏部尚書對視一眼，眼中都有幾分驚愕。

最後還是趙恆站出來，正色道：「方才吏部侍郎劉煥說得沒有錯，功考弊端叢叢，若是革新，遲早要壞了吏治，不過話說回來，各部各寺都有職權，豈能越權辦事?倒不如這樣，功考可以讓戶部、大理寺、禮部會同監察，不過這決斷之人，理應還是吏部，否則這吏部豈不是形同虛設了嗎？」

趙恆這句話倒是說得漂亮，這兩年吃了沈傲不少虧，吃一塹長一智，如今算是學乖了，許多人不禁暗暗點頭。

趙佶思量了一下，頷首點頭道：「太子說得對，改是要改，可是吏部終究是吏部，就按太子的意思辦，李邦彥……」

「老臣在。」李邦彥這時候心中反而大喜過望，衛郡公突然得罪了太子，去摸這老虎，雖說陛下只同意了折中的辦法，吏部保住了功考的決定權，可是畢竟還是讓兩部一寺分了杯羹，太子心裡怎麼會痛快，待會兒或許太子可以助自己一臂之力。

趙佶淡淡地道：「你與太子、劉煥一起擬出一道章程，送到御前來，朕擬旨來辦。」

李邦彥道：「老臣遵旨。」

趙佶已經顯得有些不耐煩了，問他們到底有沒有事，這些人居然還真有事，順著杆子往上爬，這是什麼道理？他沉聲道：「還有事情要奏嗎？一併奏了吧。」

講武殿內鴉雀無聲。

趙佶便吁了口氣，道：「今日朕倡議廷議，便是要御審太原平西王與鄭國公的事，諸卿想必都已得知，平西王斬了太原知府、太原大都督和鄭國公，放肆如此，古今罕有……」

他先是厲聲咒罵了沈傲幾句，隨即臉色緩和下來：「可是平西王平素多有功勞，對大宋忠心耿耿，這便是，朕既不會偏袒他的罪過，也不會忘記他的功勞……」

說到這裡，許多人已經疑惑了，陛下這到底是袒護平西王還是要嚴懲啊？怎麼聽了這麼久，還是一頭霧水？

「陛下……」這時候班中站出一個人來，這人在朝臣眼裡有點兒陌生，可是等他一說話，所有人都知道他是誰了。

「陛下，家父平素一向與人爲善，雖是國戚，卻從不以國戚自居，常常告誡微臣，要時刻謹記聖恩……」

原來這就是鄭克的兒子，新鄭國公鄭楚。

所有人都不禁打量著他，見他這時候已經淚眼婆娑，像是不能自己一樣，有人惋惜，有人冷漠。

鄭楚繼續慟哭道：「誰知道家父去了太原……竟……竟出了這等事，平西王素來尊大，誰知他竟喪心病狂到這般地步，王子犯法與庶民同罪，微臣懇請陛下爲臣父做主，嚴懲平西王，以儆效尤。」接著便是繼續慟哭，跪在地上不斷叩頭，不管這眼淚是真是假，倒也令殿中之人忍不住側目了。

趙佶吁了口氣，似是不願看這場面，便撫慰道：「鄭國公與朕有親，朕自然秉公辦理，絕不教國丈蒙冤，你且收了淚，退回班中。」

鄭楚連續磕了三個頭，道：「陛下聖恩，微臣無以爲報。」這一句算是堵住了趙佶的嘴，先道個謝，讓趙佶不得不爲他出頭。接著，鄭楚倒也乾脆俐落，收了淚，立即退回班中去。

李邦彥直挺挺的佇立著，悄悄打量趙佶的臉色，不禁有些失望，按理說，陛下這時候應該龍顏大怒才是，可是現在這個樣子，卻沒有一點發怒的徵兆，這可不妙。

趙佶臉色平靜，沉默了片刻，撫案道：「傳朕的旨意，將平西王沈傲帶入講武殿，朕與殿中袞袞諸公一同審問。」

聽到這裡，金殿旁的小室裡，太后端起了一盞茶，透著珠簾，看了趙佶一眼，便含笑對身邊伺候著的敬德道：「說了這麼久才說到正題，哀家都差點要睡著了。平素陛下也是這樣朝議的？」

敬德躬身站在太后身後，貓著腰貼著太后的耳畔道：「平素都是這樣的，今日還算好的，聽楊戩公公說，有的時候爲了一件拇指小的事，都要爭幾個時辰才甘休。」

太后微微一笑道：「難怪陛下不太喜歡理朝，寧願躲在萬歲山。倒是哀家錯怪了他，這個樣子，哀家便是半個時辰都坐不住。」

敬德也是微微一笑，也就不說話了。

正德門外頭，沈傲仍然坐在馬車上，裡頭的事沈傲一概不知，今日起得太早，又坐在這裡，讓沈傲有點兒昏昏欲睡，這朝議都進行了半個時辰，怎麼還沒聽到傳召，這倒是見鬼了，哪裡有這麼多廢話？

沈傲心裡不太滿意地想著，便從車中鑽出來，對殿前衛和大理寺的差人道：「本王能不能出來活絡活絡筋骨？要是不成也就算了，本王不會令你們爲難。」

殿前衛和差人都是面面相覷，這樣的欽犯他們是第一次見到過，居然這樣漫不經心，簡直就是妖孽。不過平西王既然這般說，他們也沒有阻攔的道理，一個殿前衛道：「請殿下下車。」

沈傲從車轅處跳下來，舒展了雙臂，不禁笑道：「還以爲今日本王是主角，誰知道朝議了這麼久，還沒有本王的事，我這欽犯倒成了旁觀者了。」說罷遺憾地道：「要審

就審，這麼拖著算是什麼事？」

宮門恰好在這個時候又開了，楊戩飛快過來道：「平西王接旨，立即入宮。」

沈傲露出輕鬆的表情，飛快地迎上去，道：「楊公公，裡頭的情形如何了？」

楊戩露出苦笑，低聲將方才的事說了，沈傲不禁笑起來，道：「衛郡公也不簡單，這時候鬧這麼一齣來，不知太子是什麼表情？可惜本王沒有看到。」

楊戩正色道：「衛郡公這麼做，豈不是在給你樹敵？這是怎麼一回事？」

沈傲心裡清楚，石英這麼做，八成是已經接到了太原來的東西，如今御審結果十拿九穩，樹再多的敵人也不怕。所以乾脆趁著這個機會打太子一個悶棍，換做是沈傲，只怕這種買賣也做了，便笑吟吟地對楊戩道：

「你等著瞧就是，待會兒還有好戲看。我這就隨楊公公入宮，要不要讓殿前衛將我押進去？」

楊戩不禁笑道：「走吧，你還嫌不夠亂嗎？」

沈傲悻悻然地想，這欽犯越來越不像欽犯了，便硬著頭皮與楊戩並肩進去。

沿著直走便是氣勢磅礡的講武殿，這裡沈傲不知來過多少次，輕車熟路得很，加快了步子進了殿，沈傲看到裡頭熙熙攘攘的人，心想，今日果然是大陣仗。

進了殿中，納頭朝金殿拜下去：「罪臣沈傲，見過陛下。」

趙佶見了沈傲，也看不出臉上是喜是怒，只是淡淡地道：「來人，給平西王賜坐。」

賜坐這兩個字實在有點怪異，以平西王的身分進入講武殿，賜坐倒也沒什麼。只是沈傲現在是罪臣，是犯官，在這天下的中樞之地，給一名待罪之臣賜坐，實在讓人費解。

李邦彥的臉色不由地略顯蒼白，他固然長袖善舞，可是趙佶的心意，實在讓人難以琢磨。

太子趙恆這時候也顯露出了一些異樣，自己這嫡長子都只能站著，大宋的儲君都不能歇一歇，反倒是平西王先坐了，他的臉面實在有點擱不下。若說沈傲已經七老八十，倒也沒什麼，年紀老邁，體恤一下也沒什麼不可，可是現在是什麼時候？又是在什麼地方？趙佶這麼說，實在有點兒讓人看不透。

內侍搬來了個錦墩，沈傲欠身坐下，他臉上帶著微微的笑容。

其實這殿中真真能猜出趙佶心意的，只怕也唯有沈傲了，他這時反倒不願意坐在錦墩上，因爲趙佶之所以如此，只是因心懷愧疚，而之所以愧疚，多半就是當著眾多臣子的面，當著全天下的面，不得不秉公辦理這件案子，所以趙佶的心裡有愧，才給予沈傲這分殊榮。這就意味著，只要沈傲一旦被認定有罪，就絕無僥倖，罷官、黜爵、甚至流

放、刺配都有可能。

沈傲深吸了口氣，居然忘了說一句謝陛下，他坐在錦墩上，兩班大臣立在大殿的兩側，他的視線恰好與金殿上的趙佶相對。

趙佶淡淡地道：「李愛卿。」

李邦彥出班作揖道：「老臣在。」

趙佶又看了沈傲一眼，心中有些不忍，隨即深吸了口氣，正色道：「李門下來問吧。」

李邦彥抖擻精神，既然問罪的事落到了自己頭上，自己又多了一分勝算；於是側過身，佇立在殿上，看了一眼坐在錦墩上的沈傲，朗聲道：

「平西王，老夫要問，太原知府可是你殺的？」

沈傲坐在椅上慢悠悠地道：「是。」

李邦彥繼續道：「敢問平西王，太原知府有何罪？」

「死罪！」

這句話問了等於白問，就像是在玩文字遊戲一樣，讓沈傲鑽了個空子，殿中已經有人忍俊不禁了。連金殿上的趙佶也不禁莞爾，心想，到了這時候，他居然還有閒心耍嘴皮子。

李邦彥惱羞成怒，只好繼續問：「請平西王明示。」

沈傲淡淡地道：「一州府治不思救災，反而阻攔災民入城。」

李邦彥冷冷一笑，就不說話了。

一名言官在這恰到好處的時候站了出來，道：

「平西王的話，下官倒是不懂了，不思救災，是平西王說的，阻攔災民進城，什麼時候成了死罪？我大宋律法中，可有這一條嗎？再者說，太原知府阻攔災民入城，也是情有可原，據下官所知，太原城中無糧，不能賑濟，災民一旦入城，沒有了飯吃，鬧將起來，太原怎麼辦？太原不是尋常的州府，是邊鎮重地，那裡若是出了差錯就是天大的事，殿下難道連這個都不知道？太原知府是否盡職暫且不說，就算犯了錯，那也是朝廷的事，與平西王何干？平西王擅殺知府，到底是什麼居心？據下官所知，便是陛下，尋常也從不懲處官員，自太祖以降，便有不殺士大夫及上書言事之人，平西王又是何人，莫非連我大宋的祖制平西王都敢不遵守？」

他冷冷地繼續道：「平西王自恃陛下聖眷，一而再、再而三不知收斂，陛下寬厚，不以爲忤，以專橫爲能事，天下百姓皆以爲惡，滿朝文武敢怒而不能言，時至今日，平西王還要狡辯，還要得意忘形，這又是什麼緣故？」

這一連串的話，顯然早就做足了功課，可謂陰險到了極點，先是大聲呼籲太原知府無辜，再反問沈傲爲什麼越俎代庖，更是搬出了太祖，用太祖和沈傲比較，最後得出沈傲專橫。這裡的專橫和其他地方的專橫不同，這個專橫，是董卓之專，司馬昭之橫，誅心到了極點。

這言官彷彿還沒有說夠，繼續道：「據下官所知，殿下在大理寺時，談笑自若，語出風趣，平西王性格一向如此，倒也沒什麼。」

他似乎覺得自己的話很輕鬆，也不禁笑起來，可是笑過之後，臉色又驟然一變，厲聲道：「試問，哪個待罪之人還能自若如此？這又是爲何？下官斗膽揣測，莫非是平西王自以爲普天之下已經無人可以制你？無人可以將你繩之於法？因而你雖被鎖拿，雖被看押，卻仍然怡然自得，將天下人都當做了呆子、聾子？」

言官的口舌，一向是犀利無比，這位御史久經考驗，水準居然深不可測，一言一行都可以拿出來做文章，都可以拿來做罪名，而且每一條罪名都打中了沈傲的七寸，專橫、無視律法，只這兩條，就足以取了任何一個人的腦袋。

專橫往往是謀逆的前奏，無視律法就是知法犯法，這是態度問題，歷來態度問題往往比舉止問題更加嚴重，因爲態度代表著人心，代表著德行，沈傲殺一個知府，算不上什麼罪，因爲他有尙方寶劍。可是德行出了問題，就不容忽視了，德行有缺，就意味著沈傲將來可能謀逆、可能無視君王，意味著無限的可能。

沈傲心裡都不由地爲這言官叫好，果然是大宋的言官，這番言辭，連他都想不到。

言官慨然拜在殿上，朝趙佶三叩之後，道：「陛下，微臣今日之言，發於內心，請陛下裁處。」

趙佶的臉上很平靜，既沒有激動，也沒有袒護之色，只是淡淡地點頭道：「愛卿之言，發人深省。」他頓了頓，繼續道：「只是今日是御審，不是彈劾，你且回到班中去，先讓李愛卿問完了話再做計較。」

再做計較和再說兩個詞完全不一樣，再說就是推諉，再作計較，就是說等會兒論罪的時候再一併處置；李邦彥聽了，眼中放光，心裡暗道，原來還以爲陛下要袒護平西王，今日看來，倒是事有可爲。

李邦彥冷冷地看了沈傲一眼，繼續問道：「平西王，老夫再問你，你殺了太原知府倒也罷了，又爲何帶兵殺太原大都督文仙芝？」

沈傲坐在錦墩上，倒是回答得很是磊落：「救人。」

「救誰？」

「太原百姓。」

李邦彥大笑道：「原來全太原的官員都在害民，唯獨平西王懸壺濟世，救民於水火是嗎？」

這句話略帶諷刺之意，李邦彥此時心中已經大定，不管天大的理由，殺人的事已經是事實，只要將沈傲逼入牆角，便算大功告成。

講武殿中，便有人哄笑起來，這笑聲，自然是嘲弄沈傲的，今日索性攤牌，懷州黨也沒有什麼好顧忌。

沈傲臉色如一泓秋水，平靜地道：「李門下倒是說對了。」

李邦彥臉上的笑容還沒有散去，不禁道：「這麼說，太原知府害民，太原大都督文仙芝也是害民？殿下救民水火，所以擅殺都督、知府，以此來救護百姓？」

沈傲大剌剌地道：「正是。」

李邦彥偷偷朝金殿看了一眼，笑道：「那鄭國公又是怎麼回事？據老夫所知，鄭國公只是去太原暫住，並非太原父母官員，莫非鄭國公也害民？」

沈傲繼續點頭道：「正是。」

李邦彥這時候厲聲道：「沈傲，你太放肆了，你心中認定誰害民，便可以殺人嗎？官員的好壞也是你平西王能夠定奪的嗎？那麼要這朝廷做什麼？要吏部功考做什麼？要大理寺提刑做什麼？要……」他冷冷一笑，圖窮匕見，繼續道：「要陛下做什麼？」

沈傲深吸了口氣，道：「非常之時行非常之事，這句話對不對？」

李邦彥冷哼道：「什麼是非常之時？」

沈傲正色道：「太原知府緊閉城門，寧願讓城外數萬災民餓死、凍死，這是不是非常之時？太原大都督縱兵殺戮災民，枉死者數以千計，這是不是非常之時？鄭家在太原囤貨居奇，無視朝廷律法，這又是不是非常之時？」

李邦彥淡淡一笑道：「太原知府的事已經說清楚了，職責所在，不得已而爲之，與太原城相比，只能委屈了災民。至於太原大都督派兵彈壓民變，怎麼又變成了殺戮災民？老夫得到的消息，是說災民圍了欽差行轅，文仙芝心中大急，是以調兵彈壓，解救欽差行轅危厄，怎麼到頭來平西王卻恩將仇報，反而將刀落到了文仙芝的頭上？」

他頓了一下，臉上的淡笑顯得更加諷刺，繼續道：「鄭國公囤貨居奇，這更是天方夜譚，鄭國公是什麼人？真真是欲加之罪何患無辭。再者說……鄭國公的家業這麼大，就算是下頭的人橫行不法，借著鄭家的名號囤貨居奇，倒也並不稀奇，鄭國公至多只是律下不嚴，平西王卻殺了他，難道不知道本朝殺國公是什麼罪嗎？」

李邦彥三言兩語，已經將太原知府、太原大都督、鄭國公的罪名全部撇清。

其實不管是誰，眼下都明白，沈傲殺人的事已經是次要的了，最緊要的是，他殺的是誰？若刀下之人無辜，沈傲難辭其咎，一個專橫，甚至是誅殺大臣的罪是肯定跑不了的，至少也要剝除爵位，從哪裡來滾到哪裡去。但若是所殺之人是禍國殃民的賊子，這又要另算了，這就不是罪，是赫赫的功勞。

而這三人中，重中之重的是鄭國公，李邦彥倒也聰明，知道鄭國公的事徹查起來，肯定能真相大白，所以把事情推諉到下頭去，鄭國公至多只是個御下不嚴，以鄭國公的身分，無論如何都罪不至死。

李邦彥步步緊逼，沈傲卻只是呵呵地笑了笑，道：「這麼說，李門下以爲，這三人都是無辜之人了？」

李邦彥頷首道：「自然。」

沈傲又是一笑，從錦墩上長身而起，冷笑道：「你既是門下令，當朝首輔，陛下委以國器，你就這樣沒有眼色？居然不辨忠奸、不分良莠，天下交到李門下手裡，豈不是要誤國誤民？」

李邦彥亦是冷笑道：「平西王殿下，到底是老夫問你還是你問老夫？老夫的話，你只管答就是。老夫再問你一遍，你可知道，誅殺國公是什麼罪名嗎？」

沈傲嘆了口氣，道：「不知道。」

李邦彥厲聲道：「當斬！」

金殿上的趙佶咳嗽了一聲，道：「若是誤殺，又當如何？」

請續看《大畫情聖》第二輯　十　狡兔三窟

繼《淘寶筆記》後，又一迅速致富的現代傳奇！
首部揭秘金融運作內幕的商戰小說
網路點閱率千萬破表，年度最受歡迎作家月關力作
獵財筆記
月關 著
投資是風險小的投機，
投機是風險大的投資。
投資不是投機，那是騙人的話！
看似人人衣冠楚楚，堂而皇之的商業活動
幕後陰謀詭詐，潛規則無數
笑臉背後，隱藏著你不知道的秘辛……
之1 冒險一搏
之2 金錢槓桿
12/21 搶錢上市

大畫情聖II 九 驚天驟變

作者：上山打老虎
發行人：陳曉林
出版所：風雲時代出版股份有限公司
地址：105台北市民生東路五段178號7樓之3
風雲書網：http://www.eastbooks.com.tw
官方部落格：http://eastbooks.pixnet.net/blog
Facebook：http://www.facebook.com/h7560949
信箱：h7560949@ms15.hinet.net
郵撥帳號：12043291
服務專線：(02)27560949
傳真專線：(02)27653799
執行主編：朱墨菲
美術編輯：吳宗潔

法律顧問：永然法律事務所 李永然律師
北辰著作權事務所 蕭雄淋律師

版權授權：蔡雷平
初版日期：2015年1月
初版二刷：2015年1月20日
ISBN ：978-986-352-025-2

總 經 銷：成信文化事業股份有限公司
地　　址：新北市新店區中正路四維巷二弄2號4樓
電　　話：(02)2219-2080

行政院新聞局局版台業字第3595號 營利事業統一編號22759935

定價 ：280元　　特惠價 ：199 元

國家圖書館出版品預行編目資料

大畫情聖II ／ 上山打老虎 著. -- 初版. -- 臺北市：
風雲時代，2014.04 -- 冊；公分

ISBN 978-986-352-025-2（第9冊；平裝）

857.7　　103003450